Die Frühjahrsschwimmer

ein Roman von Thomas W. M. Hecht

Thomas W. M. Hecht

Die Frühjahrsschwimmer

Ein Roman

Bibliografische Information der Deutschen
Nationalbibliothek:
Die Deutsche Nationalbibliothek verzeichnet diese
Publikation in der Deutschen Nationalbibliografie;
detaillierte bibliografische Daten sind im Internet über
http://dnb.dnb.de abrufbar.

Herstellung und Verlag: BoD – Books on Demand,
Norderstedt

ISBN: 978-3-7568-1368-1

Über den Autor

Als Kind einer Arbeiterfamilie wuchs Thomas W. M. Hecht in den sechziger Jahren in Mannheim auf, ging auf eine Brennpunktschule und studierte einige Semester Informatik, später auch einige Semester Mathematik..

Er übte verschiedener Berufe aus und unternahm Reisen, die ihn u.a. in das damals noch faschistische Spanien führten, ins revolutionäre Portugal, nach Skandinavien, Sizilien und in die Vorgebirge des Himalaya, wo er geheimnisvolle Klöster besuchte.

Thomas W. M. Hecht lebt und arbeitet heute noch in seiner Heimatstadt Mannheim

Vorwort

Ende Februar in einem abgelegenen Baggersee Schwimmen gehen: Ein Ritual, das die Aufbruchsstimmung einer Clique von Freunden auf den Punkt bringt. Die auf die Umwälzungen der Spätsechziger folgende Bildungsreform beflügelt die Lebensentwürfe. Über Abitur und Studium hinaus erscheint vieles machbar. Es entstehen spezifische Milieus, in denen Phantasien vom Aufstieg aus einfachen Verhältnissen auf Rebellion und Verweigerungshaltung der Bürgerkinder treffen. Berauscht von den Möglichkeiten, die sich ihnen scheinbar eröffnen, geben sich unsere Freunde dem Gefühl, etwas Besonderes zu sein, hin. Aber bald zeigen sich erste Grenzen ihrer Vorstellungen. Thomas Arnold schmeißt das Gymnasium, um in der Fußgängerzone Gitarre zu spielen. Patrizia geht auf die Sekretärinnenschule, statt Abitur zu machen. Der Falke flieht vor der Einberufung nach Berlin. Das Ohr kommt wegen eines dilettantischen Versuchs, Drogen herzustellen, ins Gefängnis. Valentin fährt ungebremst mit dem Mofa in einen Reisebus. Nur der Rupp greift von Anfang an nach den Sternen: Er hat sich in Heidelberg für Philosophie eingeschrieben.

Als sie sich nach Jahren treffen, um das Ritual zu wiederholen, zeigt sich, wie sehr sie inzwischen von einer neuen Wirklichkeit eingeholt worden sind. Thomas Arnold leidet unter einem Verfolgungswahn und ist schwer medikamentenabhängig. Patrizia lebt in einer unbefriedigenden Ehe und der Rupp scheint nach vierzig oder fünfzig Semestern immer noch am Anfang seiner Studien. Die Stimmung ist gereizt. Aber sie halten an der Idee fest, jetzt, Ende Februar, schwimmen zu gehen. Wer es am längsten im kalten Wasser aushält, soll von der als Prinzessin verkleideten Patrizia den Pokal bekommen, eine goldfarben angemalte Blechgießkanne vom Friedhof. Aber an ihrem geheimen Treffpunkt hat ein neoliberaler Jungpolitiker ein Mutmacher-Festival für die Jugend organisiert. Er schwingt hohle Reden und schwimmt als lebendes Beispiel für Entschlossenheit und Durchhaltevermögen in dem eiskalten Wasser.

Ihrer Idee beraubt, zeigen sich Brüchigkeit und Ambivalenz ihres Zusammenhalts. Fast scheint es so, dass der aus Stagnation und Fehlentwicklungen resultierende Frust sich nur noch ein Opfer suchen muss.

Wirklich sympathisch ist keiner der Protagonisten, zu sehr sind sie befangen in ihrer Überheblichkeit, in der Unzugänglichkeit ihrer Personen und im Leugnen ihres Scheiterns.

Patrizia, die einzige Frau in der Gruppe erlebt die Männer als gleichermaßen gierig wie unsicher in ihrer sexuellen Identität. So, wie sie nur zum Orgasmus kommt, wenn sie selbst Hand anlegt, stehen für die Männer ihre Beziehungen untereinander im Vordergrund. Lebenslügen und ein rauer Umgang miteinander haben ihre Gefühle verdrängt.

Das Ende der durch die Bildungsreform postulierten Ideale zeigt sich in der Erzählung von den Frühjahrsschwimmern nicht aus der gesellschaftskritischen Perspektive, sondern als klassische Tragödie, in der Darstellung des Scheiterns des Menschen an sich selbst.

Die Frühjahrsschwimmer

I

Das ist ein Breitbandtacho sagte das Ohr. Das ist ein Breitbandtacho sagte der Falke. Sowas gibts heute nicht mehr. Eine unbestimmte Zeitdauer hatten sie nicht geredet. Der Falke sah in den Rückspiegel. Nein, sowas gibts heute nicht mehr. Hinten in der Mitte saß Patrizia. Dass sie so in der Mitte saß, verhinderte, dass sie sich elegant hinsetzen konnte. Das eine Bein rechts, das andere links vom Mitteltunnel. Links von ihr saß Thomas Arnold, rechts der Rupp. Arnold wirkte, als würde er auf eine Gelegenheit warten, etwas zu sagen, der Rupp sah teilnahmslos aus dem Fenster in die kalte Februarlandschaft. Dass ich den dabei habe.

Noch war vom Ritual, von seiner Wirkung nichts zu fühlen. Der Rupp, der studiert doch Philosophie. Wie lange eigentlich schon. Gibts da keine Regelstudienzeit. Bedachte man, dass auf ein Jahr zwei Semester kommen, dann kam da ganz schön was zusammen. Für das Ritual war das aber egal. Patrizia in ihrem weißen Prinzessinnenkleid. Der Opel rumpelte durch eine Reihe von Schlaglöchern und durchfuhr dann mit beträchtlicher Seitenneigung eine Kurve. So ein weiches Fahrwerk, das gibts heute nicht mehr. Nein, sagte der Falke, das ist nur bei den alten Autos so. Der hat auch nur drei Gänge. Dreiganggetriebe.

Arnold hatte zugenommen, seit sie sich zuletzt gesehen hatten. Wie lange war das jetzt her. Der hat ganz schön zugenommen, dachte Patrizia, der ist richtig fett.

Zwangsläufig berührte sie einen seiner Schenkel und spürte seine Wärme. Arbeitest du noch bei der Post. Nein da hat man auch Samstag Dienst. Ach. Meine Freundin wollte das nicht. Die wollte den Samstag mit mir verbringen. Also so richtig. Das war wie eine Sucht. Ich hab mich dann für die Frau entschieden. Trotz allem. Haste jetzt nen neuen Job. Und wovon lebst du dann. Ich krieg so was wie Sozialhilfe.

Das Ohr drehte sich nach hinten: Entscheidung für die Frau. Das find ich jetzt echt gut. Eine Frisur wie Prinz Eisenherz. Auch irgendwie nicht gerade modern. Er hat sich kaum verändert. Wie auch der Falke, der groß, blond und athletisch war. Nur der Arnold ist so fett geworden. Die Frau, sagte Arnold, die wollte immer Sex. Laura hieß die. Also mindestens einmal die Woche. Muss Man sich mal vorstellen. Krass. Die war total süchtig. Und dann eben fast immer am Samstag. Und danach in die Badewanne sagte das Ohr. Er war ein Anwärter auf den Pokal. Er war muskulös. Immer noch, dachte Patrizia. Und ein guter Schwimmer.

Die Landschaft war eintönig. Bäume und Büsche kahl. Es war Ende Februar. Der Tag war sonnig, aber arschkalt. Man muss das Leben mit Anstand leben, dachte Patrizia, und das ist schwerer, als man denkt. Ehe, Kinder, Haus abbezahlen. Dazu braucht es Charakterstärke. Dann: Ein ganzer Tag mit Typen von früher. Von gestern, gewissermaßen. Vielleicht ja nicht irgendwelche Typen. Freunde wäre aber auch irgendwie zu viel. Sie waren zusammen auf der Schule. Abgesehen vom Rupp. Und dann kam diese Zeit. Wo ist eigentlich Valentin. Der wollte nicht mit. Der macht jetzt so sein eigenes Ding. Hab ich gehört, sagte Patrizia. Wir haben ab und zu noch Kontakt. Der ging ja auch nie ins Wasser. Der Kampf um den Pokal wurde nur zwischen dem Falken, dem

Ohr und Thomas Arnold ausgemacht. Ich denke, sagte der Falke, Valentin kann nicht schwimmen. Er hat es zwar nie gesagt, vielleicht ist es ihm auch peinlich, aber er ist ein Nichtschwimmer. Ich habe jedenfalls noch nie gesehen, dass er ins Wasser ist. Ist ja auch egal, sagte das Ohr, das Ritual ist für alle da. Es wirkt auf alle, die dabei sind. Es ist ein großes Geheimnis, aber es funktioniert.

Das Leben mit Anstand leben, dachte Patrizia noch mal. Anständig leben. Ein Mann, der wenigstens arbeiten geht. Sie war mit Ulf, einem Deutsch-Argentinier verheiratet. Ein eigenes Haus, auch wenn es noch nicht abbezahlt war. Das blond ist gefärbt sagte sie. Sieht gut aus, sagte der Falke, weil sonst niemand etwas sagte. Aber dann auch das Gefühl, etwas Besonderes zu sein, die Welt zu verstehen. Es hat keinen Sinn, seinen Platz in der Welt zu haben, wenn man nicht versteht, warum das so ist. Wieso hast du dir keinen neuen Job gesucht, nachdem du bei der Post aufgehört hast. Ich war da völlig fertig. Diese Laura hat sich dann von mir getrennt. Da war ich dann beides los, Job und Frau, da hab ich ne Zeit gebraucht.

Man konnte nicht genau sagen, wer zuerst die Idee gehabt hatte, das Ritual zu wiederholen, aber jetzt erschien es ihnen selbstverständlich, dass sie die gleiche Strecke fuhren wie damals. Nur Valentin hatte sich geweigert. Haha, sagte Arnold plötzlich, ich glaube der Valentin ist wirklich ein Nichtschwimmer. Keiner antwortete ihm. Er hätte auch: haha, der Feminismus oder haha, der Islam sagen können. Wir machen das jetzt, sagte das Ohr. Ja, sagte der Falke, wir machen das. Und er dachte bei sich: Das ist die Magie. Das war diese Zeit. Das fing an kurz vor Ende der Schule. Und dann kam sie. Die Zeit.

Patrizia merkte, dass ihr Kleid hochrutsche, mit jeder Bewegung auf der Velour-Sitzbank. Thomas Arnold sah sich um, wie einer, der auf ein Abenteuer aus ist. Ein Abenteuer im Urwald. Fischerweste und Cargo-Hose. Der Mann hat etwas vor. Der Rupp dagegen: Mit einer Art Dufflecoat, Samthosen und roten Wildleder-Turnschuhen.

Mit was für einem Auto sind wir eigentlich früher gefahren. Mit meinem, sagte der Arnold, aber, haha, ich hab keinen Führerschein mehr. Nur ein Bier zu viel, aber dreimal hintereinander. Ich krieg den nie mehr. Da reicht der Idioten-Test nicht. Ich müsste den ganz neu machen, und das schaff ich nicht. Wir sind auch mal mit meinem gefahren. Gott ja, Patrizia, ja, da kann ich mich erinnern, das war der Ford Granada. Riesen-Schiff. Ford Consul, sagte sie, mit Schrägheck. Gott, was es damals alles gegeben hat. Der Valentin hatte ja nur ein Moped. Der konnte sich ja nichts leisten. Ich konnte mir damals auch nichts leisten, sagte der Falke. Das kam ja irgendwie erst später.

Und das ist jetzt der gleiche Weg. Oder der selbe Weg. Hab ich nie kapiert, was da der Unterschied ist. Ist doch egal ob man der selbe oder der gleiche sagt. Das ist doch das gleiche. Das gleiche ist nicht das gleiche wie das selbe, sagte der Rupp und dann wie zum Trotz: Die Kunst wird uns ernähren. Thomas Arnold sah sich um. Seine Aufmerksamkeit war fokussiert, seine Gedanken geordnet. Alles ist wie damals. Das Heute verband sich harmonisch mit der Vergangenheit. Seine Augen waren wie Scheinwerfer, die mal dies und mal jenes ausleuchteten. Und sein Geist sah beides: Gegenwart und Vergangenheit. Eine abgewetzte Stelle auf der Lehne des Fahrersitzes, die Schachtel Zigaretten auf dem

Armaturenbrett. Das Ohr, wie er lachte, unrasiert. Patrizia, ihre Hakennase, die blondierten Haare, ihre Sommersprossen. Als Schüler war er verliebt. Die saß neben mir.

Er konnte sich dann aber nicht mehr so genau erinnern. Und dann war es, als würde ein geistiger Spurhalte-Assistent eingreifen. Alles war gut, damals. Ich habs ja nicht leicht gehabt, bei der Position, die mein Vater im Amt hatte, da erwarten die Leute ja was. Irgendwie hat das dann aber nicht geklappt. Eine fröhliche Runde in einer versifften Bude. Die erste Haschisch-Pfeife. Ihm wurde tierisch schlecht. Voll die Panik. Aber wieder beruhigte ihn eine innere Kraft. Das war eben so, da kann man nichts machen. Drogenkarriere. Er lernte Dealer und Junkies kennen. Beinahe, und das war wirklich ganz knapp, hätte er sogar mal so genannten O-Shit geraucht. Davon redeten alle. Das war Haschisch, das angeblich mit Opium versetzt sein sollte. Leute die koksten. Und dann so dies und das.

Irgendwann war er bei der Post gelandet. Beutelumschlag, Paketrampe, Briefsortierung. Kann man sich nicht vorstellen. Und dann, Tagschicht, Nachtschicht, Wochenenddienst. Und dann Laura. So ein Scheiß, hatte sie gesagt. Das war der Auslöser. Ohne eigenes Verschulden verlor er alles. Sein Vater musste seine Schulden bezahlen. Aber das ist wichtig, sagte er zu sich selbst, dass ich da nichts dafür kann. Ich hatte die besten Absichten. Zunächst hatte er geglaubt, das sei Schicksal. Die Haschischpfeife, die sexsüchtige Frau. Erst spät, eigentlich zu spät, hatte er die Zusammenhänge erkannt. Die Mischung aus Angst und Wut, die in ihm hochstieg, wurde jedoch durch eine rosarote Wolke aufgesaugt. Heute ist ein schöner Tag.

Haste nen Stadtplan oder so eins von den neuen Navis. Ja und nein, sagte der Falke. Ich hab nen Stadtplan, aber die Straße hier ist nicht mehr drauf. Wahrscheinlich, weil hier eh keiner rausfährt. Wenn hier keiner rausfährt, wieso haben sie die Straße dann gebaut. Und früher sind ja wir hier rausgefahren. Das hab ich jetzt nur so gesagt. Klar fährt hier mal einer raus, beispielsweise um nen Hund auszuführen und im Sommer gehen die Leute schwimmen. Aber um diese Zeit schwimmen gehen, das machen doch nur wir. Ja, sagte der Falke, das machen nur wir. Ich habe jedenfalls noch nie gehört, dass das jemand anders gemacht hätte. Wir sind halt etwas Besonderes, weil wir nicht nur reden, sondern auch was machen. Das war ja schon damals so, auf der Schule und auch danach. Das war unsere Zeit, sagte das Ohr.

Meistens trafen sie sich beim Falken, weil der eine eigene Bude hatte. Es klingelte an der Tür. Der Falke öffnete und Valentin trat ungelenk ein. Ein großer Kerl, kräftig, aber irgendwie unkoordiniert. Klamotten wie aus dem Kleidersack der evangelischen Kirche. Der Motor des Mopeds war schon zu hören, bevor er an der Tür läutet. Früher, sagte er, also vor ein paar Jahren, da hatte ich so eine Phase, dass ich dachte, die ganze Welt sei nur für mich gemacht. Das war so seine Art, mit einem schwerwiegenden Thema ganz unvermittelt anzufangen. Auf eine gewisse Art autistisch und mit einer Neigung zum Solipsismus. Der Falke kochte Tee und hörte sich alles an.

Ein Radio hast du auch nicht, fragte das Ohr. Nein, da ist kein Radio drin, sieht man ja, aber ich kann hier ja nicht irgendwas einbauen, es muss zum Auto passen, vielleicht so was wie Blaupunkt Frankfurt mit Röhrenverstärker. Und so etwas ist teuer, wenn man ihn überhaupt kriegt. Der Opel hat ja auch noch sechs Volt. Drei Gänge und sechs Volt murmelte das Ohr.

II

Ich muss pinkeln sagte Patrizia. Da ist jetzt aber kein Klo, sagte Thomas Arnold. Ich fahr mal raus, da kommt jetzt gleich ein Parkplatz, da gibt's Gebüsch. Durch Valentin hatte der Falke den Rupp kennengelernt. Unvermittelt und ungeplant. Er betrat eine Kneipe, Frau Nachbar, was sich vom Spruch Anarchie ist machbar, Frau Nachbar, ableitete und traf auf Valentin, Rupp und ein paar andere Typen. Der Falke war alleine unterwegs. Er wusste zwar irgendwie, dass Valentin eine Gruppe oder Bande in der Hinterhand hatte. Meine Tschaika, sagte er. Er hatte diese Leute aber noch nie gesehen. Valentin schien irgendwie unangenehm überrascht, aber er stellte die Leute vor. Rupp, Mike und Mike und Dim. Was für eine Banda. Die beiden Mikes waren kleine kriminelle Schlägertypen, Dim ein fetter Trottel.

Der Rupp hatte sich gerade für Philosophie in Heidelberg eingeschrieben. Die Welt sagte er, also die Welt der Menschen, wird zerfallen, aus Mangel an Moral, aus Mangel von dem, was den Mensch zum Übermenschen macht. Und was macht den Mensch zum Übermenschen, hatte der Falke gefragt, halb spöttisch, halb amüsiert von der Erscheinung dieses mittelgroßen, rothaarigen Jungen mit der unglaublich dicken Brille. Die Distanz. Die Distanz ist das. Und das ist auch das, was die Philosophie lehrt. Ich trinke hier nur ein Bier hatte der Falke zu Valentin gesagt.

Gott, dachte Patrizia, wie peinlich, aber was soll ich machen, es ist arschkalt und ich muss pissen. Andererseits hatten die Jahre, die vergangen waren, vieles relativiert. Sie hatte zwei Kinder, zwei Jungs und war verheiratet. Ulf, ein Mann der sein Handwerk verstand. Da ist der Parkplatz. Ja, da ist der

Parkplatz. Der Falke nahm Gas weg. Die Bremsen griffen, mit einem mahlenden Geräusch und ungleichmäßig. Der Platz, als Ausgangspunkt für Wanderungen gedacht, war frei. Bis auf einen Kombi, ein japanisches Fabrikat. Mit einem Knirschen kam der Wagen auf dem nicht befestigten Platz zum Stillstand. Wir sind da. Der Falke stieg aus.

Der Opel war ein Zweitürer. Man musste die Lehne des Fahrersitzes nach vorne klappen. Haha, Pinkelpause, sagte Thomas Arnold. Er hatte Schwierigkeiten, von hinten nach vorne durchzusteigen. Ein Viertürer wäre besser gewesen. Ja, sagte das Ohr, ein Viertürer, da kann man leichter aussteigen. Thomas Arnold: wie eine auf den Rücken gedrehte Schildkröte. Er zappelte und keuchte. Schließlich kam er irgendwie von der hinteren Sitzbank nach vorne und aus dem Auto heraus. Fett und bleich. Aber er war vor zwanzig Jahren ein guter Schwimmer gewesen. Das Schwimmen und die Vergabe des Pokals wurde nur zwischen dem Falken, dem Ohr und Thomas Arnold ausgemacht. Der Rupp war Nichtschwimmer und somit nur mit dabei. Als Beobachter und vielleicht, um eine philosophische Bemerkung abzugeben.

Wo soll ich jetzt pinkeln? Da ist doch überall Gebüsch. Aber die Büsche waren, wie die Bäume kahl. Der Falke holte eine Zigarettenpackung vom Armaturenbrett. Camel ohne Filter. Kann ich auch eine haben? Klaro. Mit einem Fingerschnippen ließ der Falke eine Zigarette aus der Packung springen, gerade so weit, dass sie nicht herunterfiel und das Ohr bequem zugreifen konnte. Er gab dem Ohr Feuer, bevor er seine eigene anzündete. Eine Geste der Hochachtung.

Der Rupp sah nach draußen. Die Welt und insbesondere die Menschen, die darin lebten, widersetzten sich mal mehr und mal weniger der philosophischen Betrachtung. Der strahlendblaue Himmel und die kahlen Bäume und Büsche zeigten sich gleichgültig. Dabei wäre es ja gewissermaßen die Rolle des Philosophen gewesen, durch Gleichgültigkeit Überlegenheit zu beweisen. Er war froh, dass Valentin nicht mit dabei war. Andererseits fehlte so nun das verbindende Glied zu den anderen. Er empfand ein leichtes Unwohlsein, dachte aber, dass er in den eisigen Höhen seiner geistigen Überlegenheit damit leben müsse. Auch für ihn hatte es die Zeit gegeben. Die Zeit, als er nach den Sternen griff, Dinge tat, die ihm niemand zugetraut hatte, die Zeit seiner Bande und er: Philosoph und Rebell. Ich werde kein Kaufmann, hatte er gesagt und erst recht kein Handwerker. Er zog in die WG, in der er heute noch wohnte und beschloss der Welt die Stirn zu bieten. Er war schon immer etwas Besonderes gewesen. Schon als er in die Schule kam. Kein kleiner Junge war so hässlich, kein kleiner Junge hatte eine so dicke Brille.

Das Ohr inhalierte. Ein Moment tiefster Besinnung, Kontemplation sozusagen. Man konnte ihm ansehen, wie einzelne Tabakkrümel auf seiner Zunge brannten und so für die Ursprünglichkeit der Erfahrung garantierten. Der Falke sah sich um. Prüfend. Die Landschaft, die immer noch, gleichförmig, wie sie hier war, aus kahlen Bäumen und Büschen bestand, aus einem gleichgültigen Himmel und der Erde. Diese Erde knirschte unter seinen rahmengenähten, italienischen Halbschuhen. Es brauchte eine gewisse Form von Selbstbeherrschung, von Mut und Beharrungsvermögen, um in dieser Welt zu bestehen. Er zog an seiner Zigarette. Die Spitze glühte.

Da machte Thomas Arnold auf sich aufmerksam. Er konnte nicht sagen wie. Irgendwie war er in sein Blickfeld geraten. Ein kleiner Hanswurst. Eine clowneske Absonderung des Universums. Er hatte vergessen, ihm eine Zigarette anzubieten. Wortlos hielt er ihm die Schachtel hin. Ungeschickt fummelte Thomas Arnold daran herum. Der Falke beobachtete ihn, wie er mit seinen dicken Fingern in das Zigarettenpäckchen eindrang und dabei einige Zigaretten leicht beschädigte, bevor er seine zu fassen bekam. Er zog sie ein paar Millimeter heraus, dann rutschte sie zurück. Klappt schon irgendwann. Als er die Zigarette hatte, stand ihm Schweiß auf der Stirn. Der Falke zögerte einen Moment, beinahe berechnend, dann gab er Feuer. Dieser Tabak, sagte Arnold, so natürlich, ohne Filter, authentisch nennt man das wohl. Ein reines und direktes Erlebnis.

Und die wollte wirklich jeden Samstag Sex, fragte das Ohr, also wenn ich das jetzt richtig verstanden hab. Aber irgendwie ging vom Falken so etwas aus, wie, dass man jetzt die Magie des Augenblicks nicht stören dürfe und so inhalierten sie gleichzeitig, sahen in den Himmel, ignorierten die Kälte und gingen einige Schritte. Dass der Rupp im Auto sitzen geblieben war, interessierte im Moment keinen. Der Parkplatz war teilweise von Laub aus dem Vorjahr bedeckt, jetzt ausgetrocknet und im Zerfall begriffen.

Sie sahen zu dem abgestellten japanischen Kombi. Ich frage mich, was der um die Uhrzeit hier macht. Samstag Vormittag, da sind die Leute doch einkaufen. Vielleicht führt er ja einen Hund aus. Meinste, dass jemand so weit raus fährt, nur um nen Fiffi rauszulassen. Who let the dogs out … imitierte Thomas Arnold und der Falke und das Ohr mussten lachen. Der Klassenclown. Immer ein wenig lustiger, immer ein wenig besoffener als die anderen. War schon so im Jugendzentrum. Aber auch irgendwie höllisch empfindlich. Ein Schwätzer. Und dann sein Vater: Großes Tier beim Amt. Und dann die Sache mit seiner ersten Haschischpfeife: Ein Zug und schon voll die Paranoia. Aber da konnte sich niemand wirklich etwas drunter vorstellen. Das waren alles so Geschichten. Eine richtige Drogenkarriere hatte ja keiner von ihnen.

Sie gingen auf den Wagen zu, aber so sehr sie ihn fixierten, er gab sein Geheimnis nicht preis. Im Grunde genommen, dachte der Falke, ist dem Willen des Menschen keinerlei Grenze gesetzt. Voraussetzung dafür ist allerdings Verständnis. Als Schüler hatte er sein Physikbuch von vorne bis hinten durchgelesen. Auch die Stellen, die im Unterricht gar nicht dran kamen. So wurde er zu einem Wissenden. Die inneren Zusammenhänge des Universums lagen offen vor ihm. Er wusste, wie die große Maschine funktionierte. Die Menschen waren gewissermaßen nur ein Teil davon, wenn auch in einem gewissen Sinn etwas Besonderes und oft auch widerspenstig, was ihre wissenschaftliche Betrachtung anging.

Das ist jetzt ganz schön lange her, sagte das Ohr. Er trat seine Zigarette aus, fast zeitgleich auch der Falke. Thomas Arnold rauchte noch. Da hat sich viel verändert. Was, fragte Arnold. Wir sind älter geworden. Aber der, er wies mit einer leichten Drehung des Kopfes zu dem alten Opel, in dem immer noch der Rupp saß, der studiert wohl immer noch. Philosophie. Gibts da keine Regelstudienzeit. Das sind jetzt doch mindestens vierzig Semester oder mehr. Keine Ahnung, was der so macht. Der Rupp war ja nur ein Freund von Valentin, der jetzt nicht mit dabei war. Ein Nichtschwimmer und

Philosoph. Toleranz nannte man das, dass er hier toleriert wurde.

Es folgte eine Zeitspanne schwer zu schätzender Länge, in der sie sich dem Gemeinschaftsgefühl hingaben und, kollektiv, gewissermaßen nichts bestimmtes dachten, dann fragte das Ohr: Wie ist das denn so in Berlin. Kannst du dir nicht vorstellen. Und erst die Leute. Aber immer was los. Der Falke, eigentlich Jonathan Falk, hatte allen anderen etwas voraus. Er hatte eine Entscheidung getroffen und sein Leben in neue Bahnen gelenkt. Da wär ich auch gern hingezogen, sagte das Ohr, aber ich bin ja damals im Knast gelandet. Wegen ner Kleinigkeit. Aber ich kann mir vorstellen, dass die dort jemand brauchen wie mich. Da gibt's viele Typen wie dich, aber andererseits ist auch viel Platz. Der Falke wusste bescheid. Ich meine, als Gitarrenspieler, ich könnte in der U-Bahn spielen oder in der Fußgängerzone.

Es galt aber als ausgemacht, dass das Ohr zu einer Entscheidung mit einer solchen Tragweite unfähig war. Er hatte mit Drogen experimentiert, was aber auch schon länger her war. Er wollte Amphetamine synthetisieren um sie an Schüler zu verkaufen und war wegen seines tumben Benehmens aufgeflogen. Praktisch jeder hatte gewusst, was er machte und sein Labor wurde ausgehoben. Zwar hätte er mit seiner dilettantischen Ausrüstung noch nicht einmal Apfelwein herstellen können, aber der Richter bescheinigte ihm hohe kriminelle Energie und insbesondere der Vorsatz, gefährliche Drogen an Jugendliche verkaufen zu wollen, führte zu einer Verurteilung zu einer Freiheitsstrafe.

Als er wieder rauskam, war der Falke weg. Sein erster Impuls war, ihm zu folgen, und er kaufte sogar eine Bahnfahrkarte nach Berlin, dann aber kam ihm dieses Vorhaben zu ungeheuerlich vor und er gab das Ticket zurück. Valentin besuchte den Falken noch einige Male und Patrizia fuhr mit ihrem Ford Consul nach Berlin. Nach ein paar Briefen und Telefongesprächen verlor sich aber ihr Kontakt.

III

Prinzessin, sagte der Falke. Pissprinzessin fügte er in Gedanken dazu. Sie war dabei und das war auch gut und richtig, man brauchte ja eine Prinzessin für die Preisverleihung, aber sonst war sie ihm eigentlich egal. Das heißt, so richtig egal auch wieder nicht. Es hatte früher immer wieder irgendwie geartete Spannungen zwischen ihm und ihr gegeben. Was für Spannungen. Na ja, dachte der Falke, wegen ihrer irgendwie provokanten Art.

Es war so was wie ein ungeschriebenes Gesetz, dass man sie nicht anrührte und sie auch irgendwie nicht ganz ernst nahm. Sie war nicht so intellektuell, wie er zum Beispiel oder das Ohr oder Thomas Arnold. Proletarisch und direkt. Wer will das schon. Und dann ihr Besuch in Berlin. Da war sie total von der Rolle. Später hatte sie sich mehr zu Valentin hin orientiert, was den anderen einerseits egal war, andererseits aber auch wieder nicht. Aber sie passt noch in das Kleid.

Ist das das Kleid von früher, fragte das Ohr. Ja sagte sie, das Kleid von früher. Es passt noch, auch nach zwei Schwangerschaften. Wie sie es gesagt hatte, hatte sie den Eindruck, dass das Thema verfehlt war, in diesem Kreis. Der Falke, das Ohr und Thomas Arnold. Der harte Kern. Da hatte sie nie Zugang. Die konnten auch irgendwie mit Frauen nicht wirklich was anfangen. Schwangerschaft war da echt daneben. Sie scharrte mit ihren neuen Tennis-Schuhen auf dem Untergrund. Kleine Steine und trockene Blätter. Die Schuhe hatte sie für diesen Tag gekauft, dabei zwischen weiß und rosa geschwankt. Das Rosa war ihr dann aber doch zu mädchenhaft. Gott ja, und mit diesen Typen, die eigentlich nur mit sich selbst etwas anfangen konnten. Es wäre ihr aber unangenehm gewesen, wenn der Zauber sich jetzt schon verflüchtigt hätte. Eine Katastrophe wärs aber auch nicht gewesen. Du meine Güte, dachte sie, Fünfundvierzig ist nicht Fünfundzwanzig, das ist klar. Es war immer noch kalt.

Ich seh mal nach dem Rupp. Der kleine Kerl war den anderen gleichgültig, wie es schien. Täglich eine gute Tat. Ein hässlicher kleiner Junge, merkwürdig. Vielleicht sehr merkwürdig, aber nicht unheimlich. Der ist doch auch nur ein Mensch. Das Türschloss war eisig. Es klackte vernehmlich. Ein Element der Mechanik. Sie klappte die Lehne des Fahrersitzes nach vorne. Die Sitzlehne hatte keine Arretierung. Im Falle eines Auffahrunfalls würde alles ungehemmt und ungebremst nach vorne geschleudert. Hi, sagte sie zum Rupp. Der Fahrer dieses Wagens lebte also in beständiger Gefahr durch die rückwärtigen Passagiere zerquetscht und von der Lenksäule aufgespießt zu werden. Hi, murmelte der Rupp. Aber der Falke wusste, was er tat. Groß, athletisch, ein Mann. Und doch fehlte etwas. Zumindest in ihren Augen.

Sie kletterte auf die Rückbank und schloss die Tür von Innen. Studierst du noch, fragte sie. Ja. Und du wohnst noch in der WG. Ja. Da war ich mal, ist aber schon lange her. Aber ich kann mich noch gut erinnern. Matratze auf dem Boden, Bierkisten und der Tisch mit den Spielzeugsoldaten. Das ist kein Spielzeug, sagte der Rupp. Er war nicht empört, er sagte das in einer sachlichen und beinahe etwas traurigen Weise. Mit diesen Figuren habe ich große Schlachten der Geschichte nachgestellt, weil sich im Krieg das Wesen des Menschen zeigt und im Einzelfall auch sein Charakter. Ah, sagte sie, der Charakter. Ernst Jünger, beispielsweise, hat bei einem

Luftangriff auf seinem Balkon Sekt getrunken, statt in den Luftschutzbunker zu flüchten.

Wer wohnt denn da jetzt. Der Spocko, sagte er, der studiert Medizin, mit dem kann ich gut und Sylvia, von der weiss ich aber nichts. Der Andreas wohnt jetzt auch da. Der war damals noch ein kleiner Junge, der hat jetzt das Haus geerbt. War der Großneffe oder sowas von der Besitzerin. Erstes Semester Chemie an der FH. Das ist gut so. Jetzt kann uns keiner mehr da rausschmeißen. Mit den WGs ist es ja heute nicht mehr so. Und ich brauche ja auch einen Platz. Nicht viel, ich bin ja bescheiden. Mein wahres Leben findet ja im Geistigen statt. Ich könnte jedenfalls nicht durch die Welt wandern, heimatlos, da könnte ich nicht denken.

Sie sagte: ich hab jetzt Kinder und das Blond ist gefärbt. Als er nicht antwortete: Bist Du mit jemand zusammen. Hätte ich jetzt vielleicht nicht fragen sollen. Richtig vorstellen kann sich das ja wohl keiner, also vorstellen, wie das ist mit dem, wie der im Bett ist. Sie schwiegen eine Weile. Das ist bei mir spontan, sagte er plötzlich, ich lebe ja für die Philosophie. Sie hatte bei Männern immer darauf geachtet, dass es richtige Männer waren, Typen, die zupacken konnten und nicht so viel redeten. Ihr Vater war ein Schwachkopf, der sich von seiner Frau schikanieren ließ. Aber er erfüllte seine Pflicht. Zum Reden, dachte sie, gibts ja solche wie den Thomas Arnold. In der Schule war sie verliebt.

Ich seh die Dinge mit Distanz, sagte der Rupp, auch Sex und so, also wenns überhaupt mal so weit kommt. So richtig zusammen war ich aber noch nie mit jemand, das ist wohl eher was fürs Volk. Für die Arbeiter und Bauern. Ich muss da drüber stehen. Das ist so etwas wie meine Mission. Und ich denke viel nach. Ihr Mann handelte wenigstens, wenn auch meist ohne zu denken. Er arbeitete viel. Eigenes Haus. Ein Bier, ein Fick. Sie gab sich nicht mehr die Mühe, einen Orgasmus vorzutäuschen. Mit zwei Kindern ist das vorbei. Schwanz rein und fertig.

Arbeitest du was, fragte Patrizia. Ja, zweimal die Woche in ner Brauerei. Ich krieg ja kein Bafög. Ich muss mich jetzt auch bald zum neuen Semester einschreiben. Mach ich, sobald ich die Gebühr zusammengespart hab. Draußen hatten der Falke, das Ohr und Thomas Arnold eine weitere filterlose Zigarette geraucht. Was sie dabei sprachen, konnte man in dem Wagen nicht verstehen. Wir fahren dann weiter. Durch die offene Tür kam unangenehm kalte Luft rein. Hier wird es sowieso nicht richtig warm, dachte Patrizia, aber weil das Auto voll besetzt war ging es, wegen der Körperwärme, so lange alle Fenster geschlossen blieben.

Es war, als hätten der Falke, das Ohr und Thomas Arnold etwas geleistet, so selbstzufrieden sahen sie umher. Das war dieses alte Band zwischen ihnen, für Außenstehende ungreifbar und unverständlich. Arnold wälzte sich, den Geruch von Nikotin verbreitend, auf die Rückbank. Der Falke klappte die Sitzlehne zurück und nahm im Fahrersitz Platz. Thomas Arnold stöhnte, weil seine Bewegungsfreiheit nun deutlich beschränkt war. Der Falke führte den Zündschlüssel gefühlvoll ins Zündschloss ein, dann klackte es vernehmlich, der Anlasser drehte den Motor, aber der Wagen sprang nicht an.

Gott, dachte Patrizia, nicht auf diesem Parkplatz, nicht in diesem Kleid. Es war wie ein kleiner Schock, der Falke ansatzweise fassungslos. Dann ein zweiter Versuch, kurz danach ein Dritter, dann redeten alle durcheinander. Gas geben. Bloß nicht, der säuft ab. Du musst raus und sehen ob der Auspuff nach Benzin riecht. Hast Du nen Kerzenschlüssel. Was für ein Chaos. Sollte ein Mann nicht wissen, was er tut. Dann sprang der alte Opel aber an und lässig lies der Falke den Wagen in die Straße rollen um ihn sofort mit einer unerwarteten Vollbremsung zum Stillstand zu bringen.

Man konnte fühlen, wie die alten Trommelbremsen griffen, knirschend, ungleichmäßig und wie sich die schmalen Reifen in den Sand gruben. Das Ohr wurde fast aufs Armaturenbrett geschleudert und Thomas Arnold fiel schwer gegen die Rücklehne des Fahrersitzes. Mann, ich hätte mir beinahe die Zähne eingeschlagen. Das Ohr war wütend. Der war vom Fernsehen, sagte der Falke. Ein Kleinbus amerikanischer Bauart war mit hoher Geschwindigkeit vorbeigerauscht. Der Rupp setzte sich sein Brille wieder auf. Seine Philosophie half ihm hier wenig. Vom Fernsehen, sagte der Falke. Arnold stöhnte. Vom Fernsehen, fragte Patrizia, die noch halb zwischen den vorderen Sitzlehnen steckte. Der Rupp sagte: dafür hab ich ja wohl nicht studiert, aber da niemand wusste, wie das gemeint war, ging auch keiner darauf ein. Vom Fernsehen, wiederholte Thomas Arnold keuchend, was macht der denn hier um die Zeit.

Wollen wir mal sehen, ob der Pokal in Ordnung ist. Ja, sehen wir mal nach, der Motor ist ja sowieso wieder aus. Sie stiegen aus, aber, wie es nun schien, mit verminderter Selbstsicherheit. Der Falke öffnete den Kofferraum. Dort lag der Pokal, eine alte, blecherne Gießkanne, die er einst vom Friedhof gestohlen und goldfarben angemalt hatte. Weißt Du noch. Ja, damals, da hatten wir echt was drauf. Das war was, sagte das Ohr, da war ich mit dabei. Ich auch, sagte Arnold. Ne, du warst besoffen, du warst da nicht dabei. Sie hatten so viele Dinge geplant. Eine richtig große Explosion verursachen und sich tausend Dinge ausgedacht.

Dann hatte Valentin, der heute nicht mit dabei sein wollte, die Idee, eine Campinggaskartusche mit einem in Heizöl getränkten Putzlappen zu umwickeln und anzuzünden. Weißt du noch, das mit der Kartusche. Das hätte sich außer uns ja auch keiner getraut. Die Kartusche war aber nicht explodiert. Das Heizöl verbrannte und als das Feuer aus war, trauten sie sich nicht ran. Das war nachts in einem Park. Die Geschichte erzählten sie noch oft, wenn sie zusammen saßen, so, wie die Geschichte mit der Gießkanne, die ihr Pokal wurde. Ich weiß, dass ich da dabei war, sagte Arnold. Na ja, kann sein. Damals jedenfalls.

Neben dem Pokal lag die Prinzessinnenkrone für Patrizia, zerdrückt und zerknautscht, aber man konnte sie wieder richten. Das war ja nur so eine Art Alufolie. So in dem Kofferraum sahen die Reliquien ihres Rituals profan aus, eigentlich eher wie etwas, das andere Leute weggeworfen hatten. Außer dem Pokal befanden sich in dem Kofferraum noch die drei Sporttaschen vom Falken, vom Ohr und von Arnold. Thomas Arnold hatte auch noch einen Rucksack dabei. Was ist denn da drin, fragte das Ohr, ist das dein Proviant. Nee, sagte Arnold, das sind meine Medikamente. Ein ganzer Rucksack voll. Je nach dem, das sind verschiedene, je nachdem, was ich gerade brauche. Was hast du denn fragte Patrizia, Krebs oder AIDs oder sowas. Nee, das sind Medikamente gegen Probleme.

Es folgte ein Moment, in dem sie schwiegen, wohl, weil sie fühlten, dass die Macht und der Zauber des Rituals angegriffen und in echter Gefahr waren. Es gab Dinge die konnten nicht in Worte gefasst werden. Heilige Handlungen, so, wie damals, als sie das erste Mal einen Videofilm gesehen hatten. Da waren Videorecorder noch neu und unglaublich teuer. Es gab noch verschiedene Formate, aber der Bruder von Patrizia hatte sich für VHS entschieden. An einem heißen Hochsommertag saßen sie um das Gerät herum, in dem Haus von Patrizias Eltern. Es war wirklich heiß. Unter dem Dach hatte sie eine kleine Wohnung. Da war es noch heißer. Der Falke, das Ohr, Thomas Arnold und Valentin bekamen den ersten Videofilm ihres Lebens zu sehen.

Fahren wir weiter, sagte der Falke und knallte den Kofferraumdeckel zu. Merkwürdig, dass da einer vom Fernsehen vorbeifährt. Das ist ja nicht wegen uns, fragte Thomas Arnold. Ich denke nicht, nein, bestimmt nicht, es ist ja jetzt ewig lange her und so bekannt war das Ritual nicht, unser Ritual und an seiner Stimme konnte man hören, dass der Falke etwas nachdenklich geworden war. Ich war mal im Fernsehen, sagte der Rupp unvermittelt, zusammen mit Valentin, im Kabelfernsehen, als das noch neu war. Offener Kanal. Ich hab was über Philosophie gesagt. Was haste denn gesagt, da im Fernsehen. Dass das nichts für jeden ist. Das man Abstand braucht zu sich selber und zu anderen um ein Philosoph zu sein und dass es selbst dann schwierig ist. Vater werden ist dagegen nicht schwer, meinte das Ohr. Ja, sagte der Falke, das geht gleich und da muss man auch nicht studiert haben. Komm, sagte Patrizia, von euch hat doch keiner Kinder.

Der Falke drehte den Schlüssel und der Opel-Motor erwachte zu bescheidenem Leben. Da muss man dran denken, dass der nur drei Gänge hat, sonst schaltet man zu früh. Und dass der nur sechs Volt hat. Nein, sagte der Falke, da muss man nicht dauernd dran denken. Kann ich hier rauchen. Auch nein. Der Aschenbecher bleibt Jungfrau.

Wie der, fügte der Falke in Gedanken hinzu und sah durch den Rückspiegel nach dem Rupp. Dass er nicht schwimmen kann ist ja wohl kaum die einzige Bildungslücke, die er hat. Er hatte nie viel mit ihm zu tun gehabt, er war eben ein Freund von Valentin, der den Rupp aus irgendeinem Grund schätzte und seit der Schulzeit lose Kontakt zu ihm hielt. Als Schüler, schon in einer etwas höheren Klasse, hatte der Rupp mit kleinen Soldatenfiguren die berühmten Schlachten der Weltgeschichte nachgestellt, insbesondere die des zweiten Weltkriegs und hier insbesondere die Kämpfe zwischen Russen und Deutschen. Er hatte dafür einen eigenen Tisch in der Wohnung, in der er mit seinem Vater wohnte. Der Vater arbeitete Schicht und war entweder tagsüber auf Arbeit oder er schlief, wenn er Nachtschicht hatte.

So wuchs der Rupp gewissermaßen alleine auf und war gezwungen sich in einer Welt, die ihm gegenüber bestenfalls neutral war, zurechtzufinden. Eine grundlegende Orientierung erhielt er durch billige Science Fiction Romane und so genannte Landser-Hefte, die es zu seiner, d.h. ihrer aller Jugendzeit noch zu kaufen gab. Desweiteren hatte er ein Aquarium mit halbtoten Fischen. Krass, dachte der Falke, dass der mit vierzehn oder fünfzehn noch mit diesen Soldatenfiguren gespielt hat.

Der Opel beschleunigte und sie waren wieder alleine auf der Straße. Durch die Wagenfenster betrachtet, hätte es schon Sommer sein können. Der Himmel war blau. Aber die Bäume waren noch kahl und alles wirkte ein wenig unwirklich, auch weil das Grün fehlte und alles so strahlend war. Klar, war der Rupp jetzt irgendwie isoliert, weil Valentin nicht mit dabei war. Und überhaupt, warum hatte Valentin abgesagt. Dabei hätte ich gewettet, er nutzt nach wie vor jede Gelegenheit um Patrizia nahe zu sein. Das war ja auch früher so gewesen und hatte sich irgendwie fortgesetzt, auch nachdem sie geheiratet hatte und schwanger wurde. Valentin hatte eine Tonfigur angefertigt, die die schwangere Patrizia darstellen sollte, die aber allgemein als misslungen betrachtet wurde. Er hat nicht mal eine Ausrede gebraucht, dachte der Falke. Das untergrub in einem gewissen Sinn die Moral der Gruppe. Aber man muss es eben nehmen, wie es ist.

Er schaltete in den zweiten Gang und gab Gas. Das war jetzt der richtige Zeitpunkt, sagte das Ohr. Ja, das war der richtige Zeitpunkt, sagte der Falke, das ist ja ganz anders wie bei einer Viergangschaltung. Sie kamen an einem Kieswerk vorbei. Da ist das Kieswerk. Was. Das Kieswerk. Ja, das war schon immer da. Für einen Moment konnte man eine strahlend blaue Wasserfläche sehen.

Der Beinahe-Unfall hatte Thomas Arnold erschüttert. Nicht nur, dass er wie ein Sack voll verfaulter Kartoffeln gegen die Lehne des Fahrersitzes geschleudert wurde. Die Frage nach seinem Rucksack beunruhigte ihn ebenso. Das hätte ich nicht sagen sollen. Nach wie vor war er ja Sohn eines hohen Verwaltungsbeamten, auch wenn sein Vater schon tot war. Und da passen die Leute auf. Er vertraute grundsätzlich dem Falken, dem Ohr einigermaßen und Patrizia in jedem Fall.

Aber trotzdem war da was. Es war, als wäre sein innerer Spurhalte-Assistent abgeschaltet. Die Struktur seines Denkens verlor sich wie der Fokus seiner Aufmerksamkeit.

Da war was. Etwas von Draußen. Die kriegen dich jetzt, dachte er. Darauf hat doch jeder gerade gewartet. Neben ihm Patrizia in dem kurzen Kleid. Er atmete schwer. Haste was. Ich glaube, ich würde jetzt meinen Rucksack brauchen. Der ist jetzt aber im Kofferraum. Blankes Entsetzen packte ihn. Er blickte wild umher. Er war kurz davor zu schreien: Ich will hier raus. Ganz ruhig, sagte er zu sich selbst, ganz ruhig. Hier aus dem Auto springen und ins Gebüsch rennen, das würde ihm auch nicht helfen. Niemand würde ich so was wünschen. Ich brauche jetzt irgendwas. Sollen wir anhalten. Wir sind doch gleich da. Hältstes noch aus. Mit Schrecken dachte Arnold daran, dass er versäumt hatte irgendein Getränk mitzunehmen. Was, wenn es ihm nicht gelang, die Pillen trocken zu schlucken.

Ich kann da jetzt nicht anhalten, sagte der Falke, der Randstreifen ist nicht breit genug. Die Einfahrt vom Kieswerk war die letzte Gelegenheit. Und rumdrehen kann ich auch nicht. Sonst könnte ich auch gleich zurück zum Piss-Parkplatz. Danke, sagte Patrizia.

IV

Halt doch einfach auf der Straße, da ist doch niemand außer uns. Missmutig stoppte der Falke den Wagen und lies dabei den Motor laufen. Wäre ja echt bescheiden, wenn der hier mitten auf der Straße nicht mehr anspringen würde. Das Ohr stieg aus. Man konnte hören, wie das trockene Laub und kleine Zweige unter seinen Schuhsohlen knirschten. Dann machte er sich am Kofferraumdeckel zu schaffen. Er bekommt ihn nicht auf, sagte der Rupp. Nein, er bekommt ihn nicht auf.

Thomas Arnold stöhnte. Ist das jetzt schlimm, fragte der Falke. Schließlich sah er sich genötigt, selbst auszusteigen und den Kofferraum zu öffnen. Voll krass, sagte das Ohr, dass er nen ganzen Rucksack voll mit Pillen dabei hat. Ich meine, was will er damit. Die nimmt er halt nach Bedarf und nach den Hinweisen in den Beipackzetteln. Ja, die Beipackzettel, die darf man nicht vergessen. Das sind Psychopharmaka. Der war ja schon immer irgendwie komisch. Das hat man früher nicht gemerkt, weil er immer besoffen war. Ja, früher hat er gesoffen und jetzt schluckt er halt Pillen. Irgendwas muss sich ja geändert haben in so vielen Jahren.

Ich denke nicht, sagte der Falke, dass der ein Psycho ist. Ich meine jetzt so einen, der im Keller vom Haus von seiner Mutter wohnt und der ständig onaniert und sich dabei sonst was vorstellt. Der ist einfach nur ein fetter Typ der Panik hat, vor was auch immer. Vielleicht onaniert er ja trotzdem und stellt sich dabei Patrizia vor. Du meine Güte, Patrizia. Mit zwanzig, fünfundzwanzig, mit dem kurzen weißen Kleid und nichts drunter. Grobmaschige Pullover und nichts drunter. Irgendwie war die ja schon sexy. Mein Gott, du redest wie Valentin. Das ist Patrizia.

Wie soll der denn die Pillen schlucken. Ist da irgendwo ne Dose Cola. Da ist dein Sack. Thomas Arnold, in Panik, griff sich, was er kriegen konnte und zum Entsetzen aber auch teilweise zur Belustigung seiner Mitfahrer schluckte er dutzende verschiedene Tabletten und Pastillen und trank das Cola dazu in hastigen Schlucken, ein Vorgang, der durch einen kräftigen Rülpser abgeschlossen wurde. Na Prost, sagte der Falke, können wir jetzt weiter.

Dann ging alles ganz schnell. Von hinten hatte sich mit hoher Geschwindigkeit ein Fahrzeug genähert. Mit Hupe und Lichthupe wechselte es gerade noch knapp auf die Gegenspur und schoss vorbei. Auch das war ein Kleintransporter amerikanischer Bauart. Der war auch vom Fernsehen, haste das gesehen. Krass, sagte der Falke, da ist ja ganz schön was los hier. Wir fahren jetzt wohl besser weiter. Wir können da nicht stehen bleiben, mitten auf der Straße, nur, weil einer von uns ein paar Pillen schlucken muss. Du hättest ja den Warnblinker einschalten können. Der hat keinen Warnblinker, genauso, wie der auch keine Sicherheitsgurte hat. Das ist ein Oldtimer und der soll möglichst original sein und auch so bleiben. Wenn wir da was reparieren und, beispielsweise, ein Teil austauschen, dann benutzen wir sogar Schrauben, die mindestens vierzig Jahre alt sind.

Thomas Arnold zitterte. Patrizia beugte sich zu ihm hinüber: Geht's wieder. Arnold schnappte nach Luft und sagte ja, ja, gleich. Und ohne weitere Vorkommnisse fuhren sie weiter bis an eine Stelle, wo die kleine Landstraße auf eine etwas besser ausgebaute Straße traf. Ein Wegweiser zeigte Fähranleger, einer, in der entgegengesetzten Richtung Waldsee. Wo lang. Ich glaube, Fähranleger ist richtig und dann irgendwo links ab zum FKK-Strand. Waldsee, sagte Patrizia. Waldsee, da habe ich immer ein Haus haben wollen. Haste aber nicht, ihr wohnt neben der Siedlung. Aber ich kenne jemand, der da ein Haus hat, sagte sie trotzig, als wäre das ein erster, wenn auch geringfügiger Schritt in die richtige Richtung, in die Zukunft, wie sie sich das vorgestellt hatte.

Sie wollte ein eigenes Haus und das hatte sie auch bekommen, aber das Geld war knapp, sie kamen nur mit den Gehaltszulagen ihres Ehemanns über die Runden: Schichtzulage, Feiertagszulage, Wochenendzulage, Schmutzzulage. Und so stand das Haus neben der Siedlung, einer Reihe von Wohnblocks für Sozialfälle. Ihre Mutter hatte ihr das vermittelt. Da blieb gerade mal genug übrig für eine Flasche billigen Müller-Thurgau aus dem Supermarkt pro Tag. Man muss durchhalten, dachte Patrizia und das Leben mit Anstand zu Ende bringen. Man ist ja auch nicht auf der Welt, dass man sich ständig vergnügt. Nachdem der Falke nach Berlin umgezogen war, hatte sie ihn einmal besucht. Dort hatte sie dann einen Typen kennengelernt, der war bei der Stadtreinigung. Wenn ich da dran denke. Aber das war wie eine Befreiung. Weit weg von zuhause. Fick mich in alle Löcher, hatte sie gesagt. Fähranleger ist richtig, sagte das Ohr. Ja, Fähranleger ist richtig, aber in Waldsee, da hätte ich gerne ein Haus gehabt.

Sie fanden die kleine Abzweigung, wären fast zu spät abgebogen und der Opel rumpelte durch ein Schlagloch bedeutender Tiefe. Mann, sagte der Rupp, meine Brille. Scheiße, sagte der Falke, das hab ich nicht gesehen, dass das so tief ist. Dann standen sie vor einer Schranke. Die Schranke war zu. Da ist eine Schranke, sagte der Falke. Die war früher nicht da, das Ohr. Da war früher keine Schranke bestätigte Patrizia, da konnte man doch einfach durchfahren bis zum Strand.

Thomas Arnold, der bisher zusammengekauert auf der Rückbank gesessen hatte, in etwa in der Haltung eines zu zwei Dritteln gefüllten Müllsacks, richtete sich im Sitzen auf. Er sah seine Mitfahrer an, als sähe er sie das erste Mal, ja, als wären sie Lebensformen, Außerirdische, denen er das erste Mal gegenüberstand. Das Wilde und Flackernde seines Blicks war verschwunden, auch wirkte er nicht mehr panisch. Es war, als würde er von inneren Kräften gehalten, fokussiert, auf Dinge, die er so das erste Mal sah. Du bist Patrizia, sagte er bestimmt, aber ohne jede Emotion. Es war einfach eine Feststellung. Identität bestätigt, sagte das Ohr. Das hier ist eine Schranke. Und dann: Haha, da ist ja der Falke. Dann verzerrte sich sein Gesicht zu einer Art übertriebenem Kussmund und er sank auf die Rückbank zurück, starr und mit weit aufgerissenen Augen.

Das sind wohl die Medikamente, flüsterte Patrizia. Er ist nicht ganz bei sich. Na ja, sagte das Ohr, zumindest wirken sie, man weiß nur nicht genau wie. Vielleicht kann man die ja auch als Drogen verkaufen. Man lässt sich den ganzen Kram verschreiben und verkauft ihn dann in der Fußgängerzone. Wegen so was warst Du doch im Knast. Und wie ist es da so, fragte Patrizia. Kannste dir nicht vorstellen, die Leute, wie die sind. Aber im Grunde wars ne gute Zeit. Ich hatte sogar meine Gitarre dabei. Klar, du musst dich an die Knasthierarchie halten. Da gibt's die ganz dicken Fische, die haben das Sagen. Da war so ein Typ, Fremdenlegion,

Auftragsmörder, vor dem hat jeder gekuscht. Der hat gesagt, ist doch egal, ob ich elf oder zwölf Mal Lebenslänglich hab. Da haben die die Ohren angelegt. Nahkampfausbildung und so was.

Und wie kommen wir jetzt durch die Schranke, fragte der Falke. Das sieht so aus, als bräuchte man eine Karte, die man da reinsteckt. Man kann auch nicht dran vorbeifahren. Da vorne ist auch ein Parkplatz. Hey, sagte das Ohr, da steht ja auch der vom Fernsehen. Man konnte tatsächlich sehen, dass der Kleinbus, der sie überholt hatte, dort abgestellt war. Als sie aufhörten zu reden, konnten sie hören, dass da irgendetwas los war. Sie kurbelten die Fenster herunter. Wie auf nem Rummelplatz. Ja, da ist ganz schön was los. Ich dachte wir wären da alleine. Also wenn da so viele Leute sind, geh ich nicht schwimmen, sagte das Ohr, ich zieh mich doch nicht vor allen aus. Du hast doch sicher eine Badehose dabei, fragte Patrizia. Ja, aber ich hab die noch nicht an. Ich brauch da irgendwo einen Platz, wo ich die anziehen kann. Da sind sogar Kinder. Man hörte Kinderlachen.

Von hinten näherte sich ein Kleinwagen. Er hielt hinter dem Opel und ein lässig gekleideter älterer Typ stieg aus. Er kam an das geöffnete Fenster auf der Fahrerseite. Na, auch ein wenig spät fürs Mutmacher-Festival. Von welcher Schule sind sie denn. Wir sind von der Emmaus-Gesamtschule im Odenwald log der Falke geistesgegenwärtig. Und das ist wohl das Kollegium. Ja, Frau Grossmann, Deutsch und Sexualkunde, Herr Ohr, Sport und Musik und Herr Arnold, der Schulpsychologe. Und das da ist Hans-Heinrich äh Joachim Rupp, ein ehemaliger Schüler, auf den wir besonders stolz sind. Er studiert jetzt Philosophie. Guten Tag, sagte der Rupp.

Friedebert Eisenbeis, Johann-Sebastian-Bach-Gymnasium, stellte sich der Kleinwagenfahrer vor. Sie haben wohl die Karte vergessen. Und dabei war ich mir ganz sicher, dass ich sie eingesteckt habe. Kein Problem, ich gebe ihnen meine Karte, sie fahren durch und geben mir dann die Karte, dass ich auch durchfahren kann. Und wie kommen wir dann wieder raus, fragte der Falke. Ganz einfach, an der Ausfahrt geht die Schranke automatisch auf. Da braucht man keine Karte. Schönes Auto übrigens, das sieht man ja heute nicht mehr so oft. Was ist das für ein Baujahr. Fünfundsechzig sagte der Falke. Ursprünglich hatte er vorne eine Sitzbank. Er ist dann aber auf Einzelsitze umgerüstet worden. Mein Vater hatte den, aber als Kombi. Ah ja. Eisenbeis steckte die Karte in den dafür vorgesehen Schlitz und rief: Gute Fahrt Herr Kollege.

V

Der Falke gab Gas. Das Sebastian Bach, da war ich mal, da hab ich Abitur gemacht. Patrizia drehte sich zu Thomas Arnold um. Du hast kein Abitur. Wir haben abgebrochen. Fast zeitgleich. Für Arnold schien es schwer, diese Information zu verarbeiten. Mein Vater ist ein hoher Beamter in der Verwaltung sagte er. Das ist etwas Besonderes. Dann: Patrizia. Dann schaute er wieder starr in die Runde.

Habt ihr gesehen, was der anhatte fragte das Ohr. Einen Wolljanker und Cordhosen. Und Wildlederschuhe mit Kreppsohlen. Das ist ein Pädagoge, die sehen so aus. Ich wusste gar nicht, dass es noch Cordhosen gibt. Doch, sagte der Falke, die kann man bestellen. Es gibt einen Spezialversand für Lehrer und Dozenten. An der Uni haben die auch noch welche. Natürlich nicht die Profs selber, aber so die Assis und alle die, die nicht so wichtig sind aber so tun als ob. Du kannst dir das nicht vorstellen, die Leute da. Aber ich hab mich eingelebt.

Du hast es weit gebracht, sagte Patrizia. Ja, kann man so sagen und das wirklich nur, weil ich daran gearbeitet habe. Einfache Verhältnisse. Ihr kennt ja noch meine Familie. Scheidungskind. Das war damals was. Vom Rupp abgesehen kannten alle die Eltern und Geschwister vom Falken. Die Eltern ließen sich scheiden und stritten sich um die beiden Töchter, aber ihn, den Ältesten, wollte keiner haben. Muss man sich mal vorstellen, sagte der Falke, meine Mutter sagte, ich hätte es doch gut bei meinem Vater und mein Vater sagte: Kinder gehören zur Mutter, abgesehen natürlich von den Töchtern, die gehören zum Vater. Das Ende vom Lied war, dass er vorzeitig für volljährig erklärt wurde und der erste in der Schule war, der eine eigene Wohnung hatte. Ein Privileg. Daher seine Beliebtheit. Und die geistige Reife. Haha, Cordhosen, sagte Thomas Arnold.

Der Falke steuerte den Opel in eine Lücke. Dabei achtete er auf Präzision. Er wollte den Abstand zu den anderen Fahrzeugen jeweils gleich haben. Auch in den kleinen Dingen zeigt sich das Verhältnis des Menschen zum Kosmos. Sein grundlegendes Prinzip dabei war das Verständnis. Dieses wiederum ermöglichte es ihm, mit Struktur und Disziplin den Zumutungen der Welt zu begegnen. Und Zumutungen gibt es ja genug, dachte er. Dabei wäre es hier verkehrt gewesen zu sehr zu verallgemeinern und geistig einen zu großen Bogen zu schlagen. Etwa in der Art, dass alleine schon in eine bildungsferne, zerstrittene Familie hineingeboren zu werden eine Zumutung ist, aus der sich dann alles andere ergibt. Das wäre aber falsch, so zu denken. Es ist nicht so, dass aus einem Unglück das nächste entsteht und vielleicht auch, im Gegensatz dazu, der eine glückliche Moment den Keim des nächsten in sich trägt. Manchmal scheint es ja fast zu stimmen, so etwa, wie wenn man sagt, die Armen werden immer ärmer und die Reichen immer reicher. Aber irgendwie stimmt es ja dann doch nicht.

Der Opel rollte langsam, mit schleifender Kupplung vorwärts. Vor ihnen stand ein Citroën älteren Baujahrs, rückwärts eingeparkt, so dass sie auf dessen Heck zusteuerten. An der Heckscheibe war irgendein Aufkleber mit einem Marihuana-Blatt. Legalize it, sagte das Ohr und Arnold: High sein, frei sein, Terror muss dabei sein. Zusammenhängende Worte, murmelte der Rupp, er spricht wieder zusammenhängend. Thomas Arnold wirkte noch starr und irgendwie eigenartig, aber zumindest hatten seine

Worte so etwas wie eine Logik. Das würde heute doch keiner mehr sagen und schon gar kein Pädagoge. Das ist sowieso eher das Auto von einem schwulen Sozialarbeiter. Wieso, fragte Patrizia. Valentin hat das mal gesagt. Citroën ist was für schwule Sozialarbeiter. Ah, sagte Patrizia. Kennste einen der schwul ist. In Berlin gibt's alles. Die Leute da. Könnt ihr euch nicht vorstellen. Da ist alles verschwuchtelt. Und an der Uni sowieso. Aber ich arbeite mit keinem zusammen, der irgendwie so ist.

Und das war dann auch so eine Zumutung. Die Oberflächlichkeit mit der er hier konfrontiert war. Das erste Mal fühlte er Ärger in sich aufsteigen. Das ganze Gequatsche. Dafür hätte ich ja wohl kaum das Physikbuch lesen müssen. Die Welt, das hatte er gelernt, hatte innere Gesetzmäßigkeiten. Aber darüber hinaus auch die Tendenz zum Chaos. Es war schwer, Struktur und Ordnung zu erkennen oder vielleicht sogar aufrecht zu erhalten. Dem Chaos zu dienen war leicht. Das Chaos entstand nicht aus großen destruktiven Akten, wie Naturkatastrophen oder, wenn, beispielsweise, ein Diktator dem anderen den Krieg erklärte. Das Chaos entstand dadurch, dass Leute, beispielsweise, in einem Augenblick über Marihuana reden, im anderen darüber, ob sie jemanden kennen, der homosexuell ist. Das ist dieses Durcheinander, das gefährlich ist.

Er ging fast vollständig vom Gas. Der Wagen hatte nahezu seine endgültige Parkposition erreicht. In der schleifenden Kupplung änderte sich das Drehmoment. Alleine zu verstehen, was eine Drehbewegung ist, das ist alles gar nicht so einfach. Darüber hatte er lange nachgedacht. Auch darüber, dass es keine Relativitätstheorie für

Drehbewegungen gab. Das muss man sich mal vorstellen, dachte der Falke. Aber es war schwer, hier in diesem Kreis, darüber zu reden. Worüber sonst. Fußball, Fernsehserien. Das Banale griff nach ihm. Sollte es ihn überwältigen, wäre es auch um die anderen geschehen. Ohnehin war fraglich, ob sie hier ihr Ritual abhalten konnten. Er zog die Handbremse, die sich bei dem Opel unter dem Armaturenbrett befand und sagte: Packen wirs.

Ok, sagte das Ohr, steigen wir aus. Er öffnete die Beifahrertür und lies sie gegen das nebendran geparkte Fahrzeug knallen. Oh, ich dachte, da wäre Platz genug. War aber nicht, sagte der Falke ärgerlich. Da muss man echt aufpassen. Das ist nicht so einfach, wenn man da was nachlackieren muss. Man muss ja auch den richtigen Farbton treffen. Mein Mann kann das. Was. Lackieren. Kennste den. Wen. Den Mann von Patrizia. Ja, sagte das Ohr, hab ich ein paar Mal gesehen. Das ist so ein Auto-Schrauber. Das ist gut, sagte Patrizia, wenn ein Mann sein Handwerk versteht. Ja, sagte der Falke, aber es gibt auch das Geistige. Nun, Herr Schulpsychologe, sie sollten doch ab und zu etwas Sport treiben. Thomas Arnold kämpfte sich keuchend nach vorne. Der Rupp stieg zumindest einigermaßen geschickt aus. Draußen beschlug seine Brille sofort. Patrizia stieg auf seiner Seite aus. Das war die bessere Wahl. Ein unter Drogen stehendes Walross.

Aber es gab eine Zeit, da war sie in ihn verliebt gewesen. Als Schülerin. Aber er konnte nichts mit ihr anfangen. Er war ihr als geistreich, witzig, belesen und schlagfertig erschienen. Sein schillernder Intellekt war etwas ganz anderes als das, was sie von ihrer Arbeiterfamilie her kannte. Er war schon irgendwie witzig. Sein Vater, irgendeine hohe Position in der Verwaltung. Ein großer Mann, der für Recht und Ordnung eintrat. Ihr Vater: Ein Schichtarbeiter. Aber sie hatten ihr eigenes Haus. Und sie den Bereich unter dem Dach, wo es im Sommer noch heißer war als überall sonst. Und dann Arnold mit seinen fettigen dunklen Haaren. Ein Rebell. Aus Rebellion gegen seinen Vater wusch er sich die Haare nie und passte in der Schule nicht auf. Der hätte es zu was bringen können. Aber irgendwie hatte der das auch nicht nötig, weil Geld war bei denen ja immer da. Sie dagegen: Von der Schule abgegangen, Sekretärinnenschule, Drei-Viertel-Stelle in der Stadtverwaltung. Essen in der Kantine. Zweite Portion für abends einpacken. So musste sie nicht kochen. Manchmal befriedigte sie sich selbst. Scheißkalt ist es hier. Sie zog ihr Kleid nach unten. Nehmen wir die Taschen und den Pokal mit. Schaden kanns ja nicht, sagte der Falke. Wir wollen erst mal sehen, was hier los ist und was das für Leute sind.

VI

Vom Parkplatz aus konnte man die Veranstaltung nicht sehen, aber es war zu hören, dass eine Rede gehalten wurde. Mit ihnen zusammen war noch eine Familie angekommen. Ein Paar mittleren Alters und drei kleinere Kinder. Nach dem Aussteigen aus ihrem teuren aber unauffälligen Auto zogen sie bunte Outdoor-Jacken an. Der Mann starrte ungeniert auf Patrizia. Die Krone. Das Ohr reichte ihr die Krone aus Stanniol. Den Pokal auch. Klar. Thomas Arnold schaute mit starrem Blick um sich. Der Rupp putzte seine Brille. Gehen wir.

Sie liefen einer nach dem anderen, in einer Reihenfolge, die in etwa ihrer Position in der Gruppe entsprach. Der Falke vorneweg, dahinter, wie um an dessen Führernatur teilzuhaben, das Ohr, beide eng zusammen. Patrizia, selbstständig, von fragwürdiger erotischer Ausstrahlung. Blind dafür, wie auch sonst für vieles andere auch: Thomas Arnold und als letzter der Rupp. Hinter ihnen dann die Familie in den bunten Jacken. Es war fast windstill und man konnte schon jetzt die Wärme der Sonne fühlen. Die Luft war aber immer noch kalt. Der Fußweg führte über einen flachen Wall, eine Art Damm, der vermutlich irgendetwas vor Überschwemmung bewahren sollte.

Auf diesem Damm angekommen sahen sie die Bühne. Ein Typ in einer Art Mantel hielt eine Rede. Es waren Kameras und Mikrofone aufgebaut. Man konnte jetzt auch verstehen, was er sagte. Er wandte sich an die Jugend, lobte deren Engagement und politische Weitsicht, warnte vor Alkohol und Drogen und forderte jeden auf, seine Ziele nicht aus den Augen zu verlieren. Das ist diese neue Partei, sagte der Falke.

Was für eine Partei. Haha, Partei. Die Politik ist in gewissen Bereichen der Philosophie verwandt, dozierte der Rupp. Haha, die Philosophie. Die Demokratie, das kommt ja schließlich von Demos, also jenem Teil der Bevölkerung, der in der Lage ist Entscheidungen zu treffen und mit der Philosophie ist es irgendwo genauso. Es ist eine Sache einer Elite. Der bewusste Mensch, der Charakter hat und Stärke, der nicht nur redet. Demos eben. Und das Denken hat dann wieder viel mit Logik zu tun. Das kommt von Logos, dem Wort, also wieder vom Reden und dann sind wir wieder bei der Politik.

Im Kopf von Thomas Arnold ordneten sich die Gedanken. So langsam schienen die verschiedenen Medikamente, die er genommen hatte, eine Art harmonische Wirkung zu entwickeln. Er hörte das Wort Elite und es war ihm klar, dass er der Einzige war, auf den das hier zutraf. Sein Vater: Hohe Position beim Amt, das war schon was. In der Schule hatten die anderen Väter, die Schichtarbeiter waren, Metzger, bei der Sparkasse arbeiteten oder sogar arbeitslos waren. Und dann er: Herausgehoben aus der Masse durch seine Herkunft. Aber das machte ihn auch einsam. Er wollte dazu gehören, gleichzeitig aber die Distanz wahren. Mit einer Mischung aus Alkohol und geistreichen Scherzen verschaffte er sich Respekt. Immer irgendwie witziger als alle anderen. Immer im Mittelpunkt. Unglaublich, wie viele Freunde ich hatte. Für einen kurzen Moment tauchte schemenhaft der Gedanke in ihm auf: Wo sind die heute, aber dann war es, als würde sein geistiger Spurhalte-Assistent eingreifen und das Konkretisieren der Vorstellung unterbinden. Immer im Mittelpunkt, immer witzig. Haha, das ist ein Bademantel.

Ja, der Redner trug einen auffällig rot-blau gestreiften Bademantel. Er redete weiter, dass die Jugend sich Ziele setzen müsse, dass von ihr die Zukunft abhänge und sie deswegen auch Verantwortung trage. Disziplin und Durchhaltevermögen müssen aber von Innen kommen, aus eigenen Überzeugungen heraus und aus dem Charakter, der unbedingt stark sein müsse. Charakterstärke, das ist es, was man braucht in dieser Welt. Disziplin, die man aus eigener Überzeugung halte, sei dann ein Ausdruck von Freiheit. Denn Freiheit ohne Disziplin ist Chaos, Disziplin ohne Freiheit Unterdrückung. Die Demokratie jedoch braucht den mündigen Menschen.

Gehört ihr zu den Schauspielern, fragte unvermittelt eine Art Assistentin, die an sie herangetreten war. Perfekt, als hätte sie sich ein Porno-Filmer ausgedacht. Wir sind die mit dem Pokal, antwortete der Falke. Ah, sagte sie, es gibt also doch einen Pokal. Dann müsst ihr euch näher am Wasser platzieren. Ihr gehört zusammen. Die Krone, na ja, die sieht nicht so gut aus, aber wir haben da jetzt keinen Ersatz. Und das ist der Pokal. Witzig. Aber ihr seht ja die Zielgruppe. Haha, die Zielgruppe, sagte Arnold, so nennt man das heute. Mein Vater hätte da kein Verständnis gehabt. Der war noch bei der Hitlerjugend. Er übt gerade, erklärte der Falke der Assistentin. Klar sagte sie, Schauspieler, heute dies, morgen das. Und jede Minute nutzen. Hab ich auch mal gemacht. Auch Synchronsprechen. Ist das mit der Agentur geklärt. Der Falke nickte. Also ihr wisst ja, was ihr machen müsst.

Ein eher mittelmäßiger Beifall zeigte das Ende der Rede. Unter beifälligem Nicken und einem einzelnen Bravo-Ruf schritt der Redner vom Podest in Richtung Ufer. Die Wasseroberfläche war spiegelglatt. Haha, die halten uns für

Schauspieler. Ich war ja immerhin mal im Fernsehen. Ja, haste vorhin schon gesagt, im Kabelfernsehen, im offenen Kanal. Das hier ist aber Rhein-Neckar-Fernsehen und FTL, das ist ne ganz andere Nummer. Und die Assistentin, Mann-o-Mann. Dann kam eine Durchsage über Lautsprecher: Jens Schröder, Vorsitzender der Partei Junger Fortschritt, Hoffnungsträger einer ganzen Generation redet nicht nur von Mut, Entschlossenheit und Durchhaltevermögen. Er wird uns – hier und heute – ein Beispiel dafür geben.

Schröder hatte, umgeben von seinem Gefolge, das Wasser erreicht. Die Assistentin nahm ihm den Bademantel ab. Jetzt konnte man sehen, dass er ein muskulöser, etwas untersetzter und nahtlos sonnengebräunter Mann schätzungsweise Mitte dreißig war. Er trug nur eine Armbanduhr. Ein Oh ging durch die Zuschauer. Das ist hier ja immer noch FKK flüsterte der Falke. Der sieht aber echt gut aus, sagte Patrizia. Das Ohr war fassungslos. Das geht doch nicht, sowas, da sind ja Kinder hier und Frauen. Passt auf, dass nicht ständig sein Penis drauf ist, das müssen wir hinterher rausschneiden. Um sie herum gingen die Fernsehleute ihrem Geschäft nach. Sowas geht gar nicht stammelte das Ohr. Sei nicht so verklemmt. Und du, bist du nicht verklemmt mit deinem Ulf. Ich bin nicht verklemmt, ich bin verheiratet. Ah ja. Die Philosophie der Nacktheit, Nacktheit in der Philosophie, das ist ja ein altes Thema. Aber da braucht man Distanz. Na ja, sagte der Falke, das ist bei dir ja wohl gegeben. Er fühlte sich herausgefordert und er ahnte worauf alles hinauslaufen würde. Wenn ihr Sokrates gelesen hättet, dann würdet ihr wissen, wovon ich rede, antwortete der Rupp beleidigt. Das ist hier eher Solarium statt Sokrates. Habt ihr gesehen, wie gebräunt der Typ ist. Das ist ja nicht normal.

Der kommt gut, sagte eine Kamerafrau. Der hat richtig Format. Pass auf, dass der Typ da nicht im Bild ist. Und der auch nicht. Damit waren wohl der Rupp und Thomas Arnold gemeint. Schröder ging langsam ins Wasser. Die Uferzone war flach und er musste wohl fünfzehn Meter gehen, bis es ihm über den Bauchnabel ging. Dann warf er sich nach vorne und schwamm mit ruhigen Zügen hinaus. Gott, sagte die Kamerafrau, was für ein Mann, da möchte man den eigenen eintauschen. Man kriegt ja heute nichts Gescheites mehr und wenn, dann sind die schwul oder sowas oder totale Freaks. Auch die Assistentin wusste bescheid. Echt, der Markt ist leergefegt. Aber ich hab jetzt nen Vibrator, das ist besser als ein Typ der komisch ist. Klar sagte die Kamerafrau, den kannst du ausschalten, wenn du fertig bist, aber so einen Typ haste dann an der Backe. Wenn man sich das vorstellt, so ein widerwärtiger fetter ekliger Typ, der ständig onaniert und dabei an seine Mutter denkt. Beide mussten lachen.

Thomas Arnold hatte das Gespräch nur mit geringer Aufmerksamkeit verfolgt. Bedingt durch die Wirkung der Medikamente, die er genommen hatte, war er voll fokussiert, wobei der Fokus aber ständig wechselte. Mal sah er ein zerknülltes Papiertaschentuch mit voller Intensität, mal die Schuhe eines Zuschauers, mal die Bewegung des Wassers und den Schwimmer darin. Als er die Worte widerwärtiger, ekliger, fetter Typ hörte, war ihm klar, dass er gemeint war. Sein geistiger Fokus blieb an diesen Worten kleben, alles andere wurde sekundär. Das war kein Zufall. Sie hatten ihn erwischt. Sie zeigten ihm, dass sie ihn beobachteten und dass sie ihm kleine, schmerzhafte Nadelstiche versetzen konnten. Kleine Nadelstiche, die es schon immer gegeben hatte und die in ihrer Gesamtheit dazu geführt hatten, ihm den Erfolg im Leben zu verwehren. Sein Vater war immerhin ein hoher

Beamter und es wäre selbstverständlich gewesen, dass die Gesellschaft eine mindestens gleichwertige Position für ihn bereithielt. Stattdessen hatte er bei der Post gearbeitet und dann selbst diese Arbeit verloren. Die haben mich dazu gebracht, sagte er zu sich selbst, ich hab ja immer was werden wollen. Und immer etwas witziger als die anderen. Und dabei völlig harmlos. So einen suchen die sich aus.

Das dauert jetzt aber eine Weile, sagte Patrizia, ich meine, bis der wieder zurück ist. Wie weit will der eigentlich rausschwimmen. So lange kann der doch nicht im Wasser bleiben. Wenn das zehn Grad hat isses viel. Ja, sagte der Rupp, lange kann er nicht im Wasser bleiben. Das sind doch Allgemeinplätze, empörte sich der Falke, also, was der da gesagt hat von wegen Disziplin und Durchhaltevermögen und Jugend die Verantwortung trägt. Als ich damals dieses Physikbuch durchgelesen habe, das war Durchhaltevermögen. Und jetzt bin ich an der Uni. Sogar in Berlin, fügte das Ohr bewundernd hinzu. Wenn man sich sowas traut. Und dann so einer. Macht hier auf Entschlossenheit oder sonst was und macht den Leuten was vor. Wenn ich da rausgehe, dann ist das wenigstens echt.

Die haben über mich geredet. Die beobachten mich. Was. Der Falke hatte gerade kein Verständnis für das Entsetzen, das sich in Arnold breit machte. Beachte das einfach nicht. Das sind die Medien. Muss man nicht ernst nehmen. So eine Arschgeige, dachte er. Er macht genau das, was wir hier machen wollten. Er hat unser Ritual kopiert und jetzt macht er Politik damit. Er hat es uns weggenommen und entehrt. Schröder schwamm bis zu einer großen roten Boje, die den Bereich anzeigte, in dem ein riesiger Schwimmbagger arbeitete, der aber jetzt, am Samstag, außer Betrieb war. Er schlug die Boje an und kehrte um und schwamm jetzt mit kräftigen Zügen auf das Ufer zu. Dabei wechselte er mehrfach den Stil. Brustschwimmen, Kraulen, Delphin. Dann tauchte er unter, schwamm gut zwanzig Meter unter Wasser, tauchte auf und dann schien es, als würde er irgendwo anstoßen. Das Wasser war flacher, als er gedacht hatte. Er richtete sich wackelig auf und man konnte sehen, dass er Schmerzen hatte. Aber dann fing er sich und er schritt mit äußerster Selbstsicherheit aus dem Wasser.

Wir müssen jetzt zu ihm hin, sagte Patrizia, er bekommt jetzt den Pokal. Ich kann da nicht hin. Arnold zitterte und schaute mit wild aufgerissenen Augen um sich. Die Kameras. Das sind die. Die haben drauf gewartet. Wo ist mein Rucksack. Aber hinter ihnen hatten sich die Zuschauer gestaut, so dass er nicht fliehen konnte. Dafür hab ich nicht studiert, sagte der Rupp. Das hat nichts mehr mit Philosophie zu tun. Auch wenn die alten Griechen. Und dann: Nur im gesunden Körper wohnt der gesunde Geist. Ach Klappe, sagte der Falke, der vom Rupp und der Situation zusehends genervt war.

Im Grunde fühlte sich der Rupp allen anderen überlegen. Es war schon immer so gewesen. Schon in der Schule. Hier aber gehörte er deutlich nicht dazu. Er war nur durch Valentin, der es abgelehnt hatte an dem Ritual teilzunehmen, mit dem Falken, dem Ohr, Patrizia und Arnold verbunden. Er fühlte sich jetzt sehr auf sich zurückgeworfen, was für ihn aber nicht neu war. Er war etwas Besonderes und im Wesentlichen frei von Angst. Damit hatte er immer die anderen beeindruckt.

Zeitweise, als ältere Schüler, waren er und Valentin und noch drei andere so eine Art Bande gewesen. Seine Tschaika. Sie brachen in Gärten ein. Manchmal nahmen sie etwas mit. Einmal ließen sie aus einer Voliere alle Vögel frei, Wellensittiche, wenn er sich recht erinnerte. Dann wieder entfernten sie in einer Baustelle die Feststellkeile an einer Kabeltrommel und ließen sie in einen Kleingarten rollen. Ein Akt des Vandalismus. Es war ausgemacht, dass ihre Aktionen nicht der persönlichen Bereicherung dienen sollten.

Später hatte sich Valentin aus der Tschaika zurückgezogen. Er war der einzige der Gruppe, der nach der Realschule nicht aufs Gymnasium wechselte und stattdessen eine Berufsausbildung machte. Die Spannungen zwischen dem Rupp und Valentin wuchsen und entluden sich in einem Faustkampf, bei dem der Rupp bewusstlos zu Boden ging. Trotzdem wurden sie später wieder Freunde. Noch einmal gelang es dem Rupp, so eine Art Bande um sich zu sammeln, radikaler noch als die erste. Philosophie und Provokation. Er beschäftigte sich mit Nietzsche. Es ist ja nicht leicht, mit all den Leuten.

Das Studium erwies sich als zäh und ja, es gab keine Regelstudienzeit. So fing sich sein Leben schließlich in einem Zyklus von stets von neuem angefangenen Semestern, Semestern, in denen er oft nur eine einzige Vorlesung in der Uni war, den Jobs bei der Brauerei. Den Abenden in der Kneipe mit seinen alten Kumpels. Dem Leben in der WG. Das Zimmer war billig. Matratze auf dem Boden. Er kam mit den anderen einigermaßen aus. Valentin machte sein Ding. Er hatte ewig nichts mehr von ihm gehört.

Hier hätte ich nicht mitgehen sollen. Das war Perlen vor die Säue. Auch wenn er keinen Abschluss hatte, hatte er doch in Jahren den Geist der Philosophie aufgesogen und was das Wertvolle war: Er konnte den philosophischen Hintergrund einer Situation treffend in wenigen Worten wiedergeben. Hier aber hatte sich alles ins Absurde gewendet.

Patrizia schritt auf Schröder zu. Welch ergreifende Worte, was für ein Mut, welches Stehvermögen, improvisierte sie. Schröder, der glaubte, dies alles sei geplant, konterte: Das gute Vorbild ist die edelste Form der Erziehung. Sie haben ihn verdient, sagte sie, da ihr sonst nichts mehr einfiel, was sie hätte sagen können. Was denn, fragte er, nass und nackt wie er war. Den Pokal. Ah, sagte er den Pokal, welche Ehre. Patrizia überreichte die Gießkanne. Um sie herum waren die Leute vom Fernsehen. Verflucht, sagte einer, der hätte doch erst den Bademantel anziehen sollen. Eine Schülerin mit einem Verbandskasten warf sich vor Schröder auf die Knie. Sie sind verletzt. Tatsächlich hatte er sich ein Knie aufgeschlagen. Ein dünner Faden Blut rann an seinem Bein herunter. Gibt's hier denn keinen Sicherheitsdienst, fragte Schröder, macht hier jeder was er will. Und zu der Schülerin: Das ist nicht wild, das machen meine Leute. Das muss man sowieso erst abtrocknen. Und dann – er macht eine bedeutungsvolle Pause – kommt ein Pflaster drauf.

Endlich kam der Helfer mit dem Bademantel. Angemessen bekleidet schritt Schröder nun in Siegerpose zum Podest, wo er, wie alle vermuteten, noch eine weitere Rede halten wollte. Auf dem Weg dorthin übergab er den Pokal einem Helfer, der ihn irgendwie diskret verschwinden ließ. Das ist unser Pokal, sagte das Ohr, der gehört uns. Jetzt wohl nicht mehr, sagte der Rupp. Na dein Pokal wars ja sowieso nicht, du kannst ja nicht mal schwimmen. Der Rupp wendete sich ab. Er war es gewohnt, auf seinem geistigen Niveau nicht verstanden zu werden. Etwas Wind kam auf und alle fühlten die Kälte des Tages.

VII

Ja, sagte der Falke, es ist arschkalt und wir sollten von hier verschwinden. Dann kam ein Typ auf sie zu, der aussah, wie ein türkischer Türsteher. Er blieb vor ihnen stehen und musterte Patrizia von oben bis unten. Aygül, Projektleiter, stellte er sich vor. Du bist schon älter, das ist gut. Kommt drauf an, sagte sie, ich bin über Vierzig und das Blond ist gefärbt. Ich konnte von dort vorne, er wies mit einer leichten Kopfdrehung zur Bühne, nicht sehen, wie alt du bist. Wenn du erst sechzehn gewesen wärst oder so, hätten wir alles wegwerfen können. Das ist zwar FKK hier, aber mit ner Minderjährigen wärs nicht gegangen. Er hätte ja auch erst den Bademantel bekommen sollen. Ich wusste auch nicht, dass der nen Pokal kriegt. Kann ich aber nicht alles wissen. Alles Praktikanten hier. Bist du verheiratet. Ja. Kinder. Zwei. Orgasmus. Nur wenn ichs selber mache. Ich sag das der Agentur, dass ihr gut wart. Dann kam eine Assistentin und flüsterte mit ihm. Was soll das heißen, da ist Sand drin. Im Verteilerkasten. Und wenn der Kerl einen im Tee hat soll er nachhause gehen, jetzt sofort. Ja, sofort. Weiß ich doch nicht. Ich kümmer mich gleich drum. Er ging, wie er gekommen war, mit kräftigen Schritten.

Kriegen wir jetzt eigentlich Geld von der Agentur, fragte das Ohr. Es gibt keine Agentur, antwortete der Falke wütend und es gibt auch keinen Pokal mehr und wir sind auch keine Schauspieler. Da bin ich mir nicht sicher, sagte Thomas Arnold. Man konnte sehen, dass er über den Punkt der reinen Panik hinausgekommen war. Bleich im Gesicht, zitternd und mit Schweiß auf der Stirn fing er wieder an, zusammenhängend zu denken und zu sprechen. Die Kameras, sagte er, das war ja sowas wie eine Falle. Sie haben mich. Die wissen von mir. Da ist manche Situation gestellt. Ich hab das genau hören können wie die das gesagt hat mit dem widerwärtigen, fetten, ekligen Typ und das war ja auch Absicht, dass ich das hören sollte. Die wissen, wie sie mich kriegen und bestimmt sind die bezahlt. Aber nachweisen kann man natürlich nie etwas. Da sind die zu clever.

Wer sind die fragte Patrizia. Ich hab mich kundig gemacht, sagte Arnold, da gibt es diese Organisationen und dieses Spiel. Die suchen sich einen aus. Am besten einen, der so clever ist, dass er alles durchschaut, dass er hinter die Kulissen sieht und weiß, was abgeht. Ich komm ja aus gutem Haus. Der Vater, hohes Tier beim Amt, da kriegt man ja vieles mit, wenn der zum Beispiel Akten mit nachhause bringt. Und natürlich muss der Typ, den sie dann aufs Korn nehmen, harmlos sein. So einer wie ich, der keiner Fliege etwas zu leide tun kann. Und wenn das zusammentrifft, also wenn einer versteht, wie das System läuft, von seiner Bildung und seiner Herkunft her und wenn er dann noch herzensgut und harmlos ist, dann fangen die an, ihn zu beobachten. Das sind globale Organisationen, die Reichen und Mächtigen der Welt und die Geheimdienste. Da werden Wetten abgeschlossen. Die kriegen alles mit, zum Beispiel, wenn du deinen Müll nicht richtig trennst. Und die bezahlen Leute, die nennen dich im Vorübergehen Fettsack und sie wetten darauf, wie lange du das aushalten kannst.

Patrizia sah ihn entsetzt an. Das Ohr aber fing unbekümmert an, diese Weltsicht zu bestätigen. Bei mir war das auch so. Ich hab ja durchgeblickt. Klar, dass die nicht zulassen können, dass ich Abitur mache. Ich hätte ja sonst auch Physik studieren können und dann hätte ich nachweisen können, dass viele so genannte Naturgesetze gar nicht stimmen und die Formeln gefälscht sind. Da kommen dann die Dienste und die arrangieren was.

Du bist von der Schule geflogen weil du gedealt hast, sagte der Falke. Du hast auch nie was gelernt. Und in der Ausbildung hast du wieder gedealt und auch da bist du geflogen. Ich hab wenigstens die Sekretärinnenschule gemacht, sagte Patrizia, das ist ja immerhin was. Zehnfingersystem, das hat damals fast niemand gekonnt. Haha, Zehnfingersystem. Arnold war, nach diesem Ausbruch an Verschwörungsdenken, fast wieder der alte.

Wir ziehen uns besser zurück. Ich muss aber pinkeln sagte Patrizia. Schon wieder. Da hinten ist ein Dixi-Klo. Wo sind die Zigaretten. Im Auto sagte der Falke. Und mit der Art, wie er es sagte, war klar, dass er der Meinung war, dass keiner von ihnen eine Zigarette verdient hatte und dass er auch selbst nicht rauchen wollte. Das Haha, die Zigarette danach, lief daher ins Leere.

Das Konzept der Wirklichkeit ist zentral in der Philosophie, sagte der Rupp, denn wie kann man auf den ersten Blick wissen, ob die Welt so ist, wie sie ist, ob sie gewissermaßen von Natur aus so ist oder durch Zufall oder, er macht eine Pause, sie von jemand, von einer überlegenen Intelligenz so arrangiert worden ist. Das ist so, wie mit dem Höhlengleichnis von Platon oder vielleicht auch Sokrates oder Aristoteles, wo die Leute nicht wissen, ob sie jetzt in der Höhle drin sind oder nicht. So ein Blödsinn, konterte der Falke, wenn hier eine Höhle wäre, dann würde ich doch wissen, ob ich in der Höhle bin oder außerhalb. Du verstehst das nicht, weil du nicht Philosophie studiert hast und es ist wirklich sehr schwer zu erklären. Ich glaube, sagte der Falke und er sah dabei dem Rupp in die Augen, dass du dich selber nicht richtig mit diesen Dingen auskennst. Die ganze Zeit quatschst du nur rum. Was hast du bisher in deinem Studium geleistet. Im wievielten Semester bist du überhaupt. Hast du Publikationen. Das ist jetzt aber sehr hart, sagte Arnold. Es war in ihrer Gruppe immer üblich gewesen, alles, was ein anderer von sich gab zu akzeptieren, auch wenn es irgendwie widersinnig schien. Man hätte sogar sagen können, dass ihr Zusammenhalt auf Kritiklosigkeit beruhte. Das ist nicht so, sagte der Rupp weinerlich, dass man im Philosophiestudium ein Semester nach dem anderen macht. Da baut nicht alles aufeinander auf. Das ist ja keine Naturwissenschaft, da muss man denken und es braucht die persönliche Distanz.

Der Falke würdigte ihn keiner weiteren Antwort und wendete sich ab. Du gehst aber schon noch in die Vorlesungen fragte Arnold. Klar, aber ich bin in diesem Semester noch nicht eingeschrieben, ich hab die Gebühr noch nicht zusammen. Von der Bühne her wurde es laut. Die zweite Rede von Schröder war beendet, er bekam Applaus und zustimmende Rufe. Der Moderator kündigte zum Abschluss eine Schülerband an, die einen allen bekannten Song spielen wollte, der auch etwas mit Mut, Durchhaltevermögen und Verantwortung zu tun hatte.

Vielleicht spielen die Paranoid von Black Sabbath, sagte das Ohr. Geht's da um Durchhaltevermögen und Verantwortung. Wenn man den Text genau liest ja. Paranoid wurde übrigens im September Neunzehnhundertneunundsechzig veröffentlicht und nicht erst in den Siebzigern. Kann ich mir nicht vorstellen, dass sie das spielen. Probeweise wurde eine Trompete angeblasen und eine Triangel geschlagen. Sie warteten gespannt. Einige Besucher aber machten sich schon auf den Heimweg. Sie liefen an ihnen vorbei, mit ihren Kindern und ihren bunten Westen und Jacken. Das ist Smoke on the Water. Jetzt konnte es jeder erkennen. Und es war wirklich schlecht. Ich hätte das anders gemacht, das gehört rockiger. Also ich bin heute in die Falle getappt, sagte Arnold und ja, ich würde das auch anders spielen. Die Triangel passt nicht, sagte der Falke und der Pokal ist weg. Unser Pokal. Der Rupp sagte nichts. Er hatte Tränen in den Augen. Patrizia kam vom Dixi-Klo: Ins Auto und Heizung an.

VIII

Ins Auto und Heizung an bestätigte der Falke deprimiert. Ja, sagte Arnold, erst mal die Heizung an. Ein Pädagoge musterte Patrizia anzüglich. Gott dachte sie, dabei ist der Lehrer. Sie liefen los, zusammen mit den Kindern, Jugendlichen, Eltern, Lehrern und sonstigen Personen. Dabei redeten sie nicht. Am Opel angekommen sagte Patrizia: Ich geh aber nicht mehr in die Mitte. Dann muss halt ein anderer in die Mitte. Macht das unter euch aus. Mir ist es egal. Ich fahre. Ich kann nicht in die Mitte, sagte Arnold. Da wird mir schlecht. Ich kann auch nicht so gut ein- und aussteigen. Also ich bin der Beifahrer, sagte das Ohr, aber wenn du nach vorne willst, dann geh ich nach hinten, aber nicht in die Mitte.

Wieso hast du eigentlich so zugenommen fragte Patrizia. Du weißt nicht wie das ist, wenn du verfolgt wirst. Soll ich da vielleicht Sport machen. Also ich hätte mir ja eher vorgestellt, dass einer, der dauernd verfolgt wird abnimmt. Arnold rang nach Luft. Er konnte sich sogar hier, bei seinen alten Freunden nicht verständlich machen. Er traute sich kaum noch aus der Bude. Und was sollte er dort machen. Ein Typ, der älter wird und nie rausgeht. Klar, dass er sich Pizza bestellte. Lieferdienst, Vorhänge zu, Fernsehen, die Nacht zum Tag machen, wie Hitler.

Das heute war eine Ausnahme. In seiner Naivität hatte er sich vorgestellt, es würde sein, wie früher. Er beliebt, immer ein wenig witziger als alle anderen. Jeder legte Wert darauf, dass er dabei war. Und ich war immer dabei. Und jetzt. Sie hatten ihn erwischt. Das Ritual hätte ihnen Kraft geben sollen. Ich hätte das geschafft. So wie früher. Wie ein Fisch im Wasser.

Aber jetzt. Die waren mächtig und hatten seinen Erfolg, den kleinen Erfolg, nach Jahren wieder Anerkennung von seinen Freunden zu bekommen, zunichte gemacht. Er: eine kleine Figur in einem großen Spiel.

Jedenfalls geh ich nicht in die Mitte sagte er nochmal. Dann war es klar. Es blieb ja nur noch einer. Der Rupp kletterte nach hinten und rückte weiter. Ihm folgte Patrizia. Auf der anderen Seite wälzte sich Arnold in das Auto. Dann erschien der Typ, dem der Citroën gehörte, der vor ihnen parkte und er sah wirklich schwul aus. Nur nicht wie ein Sozialarbeiter. Eher wie ein schwuler Sonderschullehrer.

Leute gibt's, das kann man sich nicht vorstellen, dachte der Falke. Er kämpfte immer noch mit dem Gefühl eine Niederlage erlitten zu haben. Der Pokal, sein Pokal, verloren. Thomas Arnold, ein Freak, der Rupp, er hasste diesen Kerl. Er ist ein Aufschneider dachte er, ein Wichtigtuer. Er hat von Philosophie keine Ahnung. Der studiert seit vielleicht fünfzig Semestern und ich möchte wissen, was eigentlich. Und wie überheblich er ist. Er muss sparen, um die Gebühr zusammenzubekommen, damit er sich wieder einschreiben kann. Wieviel kann das wohl sein. Vielleicht sollte er sich mal einen Job suchen und nicht nur in den Semesterferien. Er ist ein Dummschwätzer und Loser, kein Akademiker. Vielleicht sollte ihm das mal jemand sagen.

Wenn jetzt jeder seinen Sitzplatz gefunden hat, können wir ja los. Er stieg ein, knallte die Tür zu und startete den Motor. Einwandfrei, sagte das Ohr. Einwandfrei, wie der angesprungen ist. Ja, sagte der Falke, das ist Technik, die funktioniert. Man muss sich natürlich ein klein wenig drum kümmern. Aber dann funktioniert auch alles. Er sah in den

Rückspiegel. Der Rupp mit seiner Halbbildung. Noch nicht einmal. Viertelsbildung sollte man sage. Jetzt versperrte er den Blick nach hinten. Mir fällt grad auf, dass der keinen rechten Außenspiegel hat. Nein der hat keinen rechten Außenspiegel. Das war früher noch erlaubt. Überhaupt war früher mehr erlaubt als heute.

Was, fragte das Ohr, das kann ich mir kaum vorstellen. Früher gabs doch Regeln für alles. Die Leute durften zum Beispiel nicht schwul sein und WGs gabs auch nicht und heute macht doch jeder, was er will. Das, sagte der Falke, sieht nur auf den ersten Blick so aus. Klar, man konnte nicht alles an die große Glocke hängen damals, also ich meine jetzt in den Sechzigern und noch früher, aber die Leute wurden auch mehr so akzeptiert, wie sie waren. Sie konnten zum Beispiel fett sein, rauchen und schon morgens ein Bier trinken und niemand hat sich dran gestört. Aber fünfzig Semester studieren, das ging nicht. Klar, sagte der Falke, aber man muss sich mal vorstellen, wen das betrifft. Fett sind viele und natürlich gäben die was drum, wenn sie ins Schwimmbad gehen könnten, beispielsweise und niemand sie auslacht oder die Raucher, wenn sie nicht ständig irgendwelche Kritik hören müssten, der Ludwig Erhard beispielsweise, der hat sogar Zigarren geraucht und später der Helmut Schmidt, der war Kettenraucher und da war die Gesellschaft tolerant und das sind ja auch wirklich viele Leute, die das betrifft, Übergewicht, ab und zu eine Zigarette, ab und zu morgens ein Bier, aber wie viele studieren fünfzig Semester und länger, sowas ist ja eher selten. Aber heute ist die Gesellschaft da eher tolerant. Es ist fast so, dass sie sich an solchen Typen freut, ja, dass die Gesellschaft glaubt, ein Recht darauf zu haben, dass so jemand existiert. Das ist irgendwie die demokratische Version von diesen Königen und Fürsten, die im Mittelalter Krüppel, Zwerge und Idioten gesammelt haben. Wow, sagte das Ohr, was Du alles weißt. Ich lese eben ab und zu ein Buch und liege nicht nur irgendwo in einem Hinterhaus auf einer Matratze und nenne es Philosophie. Jetzt ist aber gut, sagte Patrizia, jeder hat eben sein eigenes Leben. Klaro, sagte der Falke, eigenes Leben, schon gut.

Kopf runter, dass ich was sehen kann. Der Rupp, nahe daran in Tränen auszubrechen, drückte sich auf die Seite von Thomas Arnold, obwohl hier weniger Platz war als bei Patrizia. Er hätte sich nie getraut, ihr nahe zu kommen. Seine Sicht auf das andere Geschlecht schwankte zwischen spöttischer Ablehnung und Ehrfurcht. Er hatte nie eine Mutter gehabt und das, womit eine Frau das Denken und Fühlen eines Mannes erfüllte, war für ihn lange im Reich abstrakter Vorstellungen verblieben. Das nietzscheanische gehst du zum Weib, vergiss die Peitsche nicht, war ihm, der den großen Philosophen im Geiste folge, eine Art Schutzschild. Dahinter war er wie ein Priester, der den Genuss, den ein Weib bereiten konnte, nicht kannte und der doch voll Sehnsucht war. Nicht dass er in einem körperlichen Sinn noch Jungfrau gewesen wäre, gelegentlich hatte er seine Matratze geteilt, aber der Akt der körperlichen Liebe erfüllte ihn nicht.

Der Falke legte den Rückwärtsgang ein. Dabei gab das Getriebe ein leichtes ratterndes Geräusch von sich, wohl, weil die Drehzahl des Motors zu hoch und der Gang nicht synchronisiert war. Der Falke überging das aber und lies den Wagen langsam nach hinten rollen. Ein Familie von Pädagogen oder Eltern und Schüler oder weiß der Teufel was für Leuten wich aus. Machen wir dem Ganzen ein Ende. Er fuhr im Schritttempo durch den Parkplatz. Auch andere

Besucher parkten aus. Kinder und Erwachsene liefen herum. Ein kleinerer Junge stand mitten im Weg und schrie aus Leibeskräften. Er wehrte sich gegen jeden Versuch, ihn von diesem Ort zu entfernen und hielt den ganzen Verkehr auf. Ich hätte kein Problem damit, den grün und blau zu schlagen, sagte Patrizia. Der Falke sah sie durch den Rückspiegel an, sagte aber nichts. Fußgänger drückten sich an dem Wagen vorbei, eine Frau lies ihre Umhängetasche daran entlang schleifen.

Gott sagte der Falke, der Lack. Der ist noch original. Der ist schwer zu bekommen. Neunzehnhundertfünfundsechziger Opel-Lichtgrau. Ich hätte jetzt gedacht, dass das Hellgrau ist, sagte das Ohr. Nein, das ist Lichtgrau. Da ist jetzt bestimmt ein Kratzer drin, von vorne bis hinten. Das muss poliert werden, sonst mindert es den Wert. Und weil niemand etwas sagte: der Wert, der ist nicht nur monetär, also wie viel der Wert ist, der ist ja auch ideell. Es ist ein Ausdruck von Individualität und Lebensfreude, so einen Oldtimer zu fahren und normalerweise bekomme ich dafür sehr viel Respekt auf der Straße. Nur hier ist das nicht ganz so. Diese Pädagogen oder was immer die sind, sind anders. Die haben andere Wertvorstellungen. In Neukölln hat mir sogar mal ein Clanchef zugenickt, so ein Typ, für den das Auto erst beim Bentley Cabrio anfängt. Muss man sich mal vorstellen.

Hinter ihnen fing ein anderer Autofahrer an zu hupen, weil es nicht voran ging. Was machste eigentlich so den ganzen Tag in Berlin. Naja, er sah sich um und drehte sich nach hinten, zunächst einmal habe ich meinen Job an der Uni. Der ist praktisch Vollzeit. Eigentlich eine Dreiviertelstelle aber im Grunde ist das dasselbe. Ich bin da in der Verwaltung von nem Fachbereich. Und sonst. Na ja, so dies und das. Ich kenne eine Menge Leute. Da bin ich mal hier und mal dort. Bist du mit jemand zusammen, fragte Patrizia, hast du ne Freundin oder, sie machte eine kurze Pause, nen Freund. Nein, sagte der Falke, ich war mit jemand zusammen aber das hat nicht gepasst und schwul bin ich nicht und wenn ichs wär, wärs nichts Besonderes, in Berlin jedenfalls nicht, da sind die Leute anders.

Der Junge, der schreiend den Verkehr blockierte und ihre Abfahrt vom Parkplatz verhinderte, hatte sich inzwischen auf den Boden fallen lassen. Er war umringt von mehreren Erwachsenen. Vermutlich waren seine Eltern darunter, die anderen, auch vermutlich pädagogische Kapazitäten oder einfach nur neugierig. Thomas Arnold atmete schwer. Kannst du mit deiner Philosophie eigentlich irgendwas anfangen, ich meine, im Alltag, hilft das dir bei irgendwas. Na ja, sagte der Rupp, das ist ja mehr so übergeordnet. Konkret hilft es natürlich nicht. Ich meine das so: mal angenommen, du hast deinen Wohnungsschlüssel verloren und kommst zuhause nicht mehr rein, dann hilft dir weder Nietzsche noch Sokrates, aber das gesamte Wissen der Philosophen und das Verständnis davon hilft dir insgesamt, mit dem Leben zurechtzukommen. Man gewinnt Distanz und nimmt das alles nicht mehr so ernst. Ich weiß, dass die Welt grausam ist und die meisten Menschen auch. Ich war arm und bin es irgendwie immer noch und bin irgendwie alleine aufgewachsen. Meine Mutter war ja weg und mein Vater immer auf Schicht. Aber dann habe ich meine Überlegenheit entdeckt. Ich durchschaue alles und über das meiste kann ich nur lachen. Das ist Philosophie. Man wird frei von all den kleinlichen Dingen und Verpflichtungen. Das alles ist nur scheinbar. Im Inneren war ich schon immer ein Übermensch. Ich kann tun, was ich will. Das kann mir niemand wegnehmen. Ja, klar, dachte der Falke, beispielsweise den ganzen Tag auf der Matratze liegen, aber er sagte nichts, weil er das Gefühl hatte, Patrizia würde diesen erbärmlichen Hochstapler dann in Schutz nehmen. Es ist wie eine Maske, die er aufhat. In dem Augenblick, in dem sie ihm vom Gesicht gerissen wird, ist er geliefert. Dann ist er tot. Der Junge, der den Verkehr blockierte stand auf und ging weiter. Er hatte wohl genug davon, in der Kälte auf dem Parkplatz zu liegen und zu schreien. Seine Mutter holte Kekse und einen Kakao aus ihrem Rucksack.

IX

Der Falke gab vorsichtig Gas und sie fuhren an den Fahrzeugen der Fernsehgesellschaften vorbei. Da ist die Assistentin, sagte das Ohr, die ist richtig geil. Arnold stöhnte. Ich glaube, seine Medikamente lassen nach. Na ja, sagte der Falke, er hat ja noch genug dabei. Wir könnten ihm noch was einflössen. Das tut ihm sicher gut. Das sind doch sicher verschiedene Tabletten, sagte Patrizia, da kommts doch sicher drauf an, was er genau nimmt. Das sind alles so Psychopillen, ich kenn das, an der Uni nehmen die viele, damit sie besser lernen können. Man könnte die auch verkaufen, sagte das Ohr. Vielleicht sollten wir uns mal seinen Rucksack vornehmen, der kriegt ja jetzt sowieso nichts mehr mit. Vielleicht tut er aber auch nur so, dass er das vortäuscht und in Wirklichkeit ist er ein Agent, der uns belauscht. Und dass er immer erzählt, dass er verfolgt und beobachtet wird, ist seine Tarnung. In Wirklichkeit verfolgt und beobachtet er die Leute. Arnold röchelte. Es war nicht ganz klar, was er noch mitbekam. Wir fahren den als ersten nachhause. Klar, da kann er sich dann ausruhen. Der hätte in jedem Fall nicht ins Wasser gekonnt. Nee, das wär nicht gegangen, der wär abgesoffen.

Sie rumpelten durch ein Schlagloch. Der Rupp wurde auf Patrizia geschleudert und berührte aus Versehen ihre Brüste. Das war jetzt aber keine Absicht. Der Rupp schwieg. Ja, dachte der Falke: eine eiserne Maske. Ohne die ist er verloren. Wie spät mochte es jetzt sein. Der Mittag war bestimmt durch. Die Welt: kalt und gleichgültig. Als sie in die Nähe von Arnolds Wohnung kamen, wurde er lebendig als hätte er etwas gewittert, das für sein Leben unbedingt erforderlich war. Mit erstaunlicher Energie kämpfte er sich von der

Rückbank nach draußen. Der Rucksack. War richtig gut, euch wieder zu sehen. War sehr cool, können wir immer mal wieder machen. Es war eine Flucht. Er konnte es offensichtlich nicht erwarten, die Sicherheit seines Zuhauses zu erreichen. Der pfeift sich jetzt bestimmt was ein. Das Zeug könnte man auch verkaufen. Wir telefonieren. Ja, wir telefonieren. Das Ohr, unspektakulär abgeliefert, wo er wohnte. Wie und mit wem. Will wer nach vorne.

Na gut. Der nächste ist der da. Es wäre von der Fahrstrecke her logisch gewesen diesen kleinen rothaarigen Kerl mit der Brille zuletzt nachhause zu fahren, aber genauso war klar, dass der Falke nicht mit ihm zusammen alleine in seinem Auto fahren wollte. Er wohnte in einem Haus aus der Gründerzeit. Eigentlich ganz schön. Dann war der Falke mit Patrizia alleine. Sein Verhältnis zu ihr war unbestimmt. Ursprünglich bestand die Gruppe nur aus ihm, dem Ohr, Thomas Arnold und Valentin. Es war eine Gruppe mit geringem und zwanglosem Zusammenhalt. Keine Banda oder Tschaika. Patrizia galt nicht als Mitglied, aber sie schwebte um sie herum, war irgendwie mit dabei. Man konnte aber nicht genau sagen, ob als Querulantin oder Bereicherung. Die junge Patrizia. Irgendwie hat sie nie jemand richtig gemocht. Außer Valentin vielleicht, der eine eigenartige Beziehung zu ihr hatte. Der Kern waren immer der Falke und das Ohr. Dann Thomas Arnold mit seinen Witzen. Der war auch nur dabei. Der kannte irrsinnig viele Leute. Und sein Vater, der diese hohe Position in der Verwaltung hatte, das war ja schon was. Und dann die junge Patrizia. Irgendwie so, als könnte sie jeder haben, aber doch irgendwie unerreichbar oder auch so, dass sie keiner wollte. Irgendwie merkwürdig, die war ja schon attraktiv. Und jetzt noch, das Blond, gefärbt, klar. Sie saß da auf dem

Beifahrersitz. Kaum zu glauben, dass sie eine Ehefrau ist. Ehefrau von einem Arschloch übrigens. Und dann noch die Kinder.

Er hatte noch nie Sex gehabt mit einer Frau, die Kinder hatte. Das wäre ihm irgendwie komisch vorgekommen, etwa in der Art, dass man eine Mutter nicht vögelt. Irgendwie saß sie da, so zwischen nuttig und abgegriffen aber anständig. Er sah die feinen Haare auf ihrem Unterarm. Die Heizung war an. Die Heizung funktioniert jetzt ganz gut, sagte er, jetzt wo der Motor warm ist. Ja, sagte sie, das ist ok so. Fährst du los. Klar. Das war jetzt ein Flop. Nein, war es nicht, sagte sie, du hast dir vielleicht was Falsches vorgestellt. Dass die noch sind wie früher. Der Arnold ist ein Wrack. Gott sowas macht mir Angst. Der ist irgendwie richtig monströs. Man sollte ihn einschläfern, das wäre human. Der leidet doch nur. Und dann der Rupp. Der war schon immer so. Man hat es früher halt nur nicht so gemerkt. Weil, da haben wir uns alle was vorgemacht. Und der da, der plappert dir doch nur nach. Das Ohr war gemeint. Hirnlos. Ich bin ja auch nicht mehr so wie früher. Du passt noch in das Kleid. Ja, klar, pass ich noch rein.

Wie ist das so, mit dir und dem Ohr. Wie meinsten das. Ihr seid ja richtig eng. Der bewundert dich. Ist das mehr. Komm, sagte der Falke, ich bin nicht schwul. Ich bin halt sowas wie sein Vorbild. Wie ich vorzeitig für volljährig erklärt worden bin, das war schon was. Eigene Wohnung mit sechzehn. Und ich habs ja hingekriegt. Ich war nicht so ein lascher Typ. Ich hab Sport gemacht und mein Physikbuch gelesen. Auch die Stellen, die im Unterricht nicht dran kamen. Und dann gibt's halt die, die immer so was brauchen wie Orientierung. Das Ohr kommt ja aus ner guten Familie wie man so sagt. Vater Entwicklungsingenieur und die Mutter Oberstudienrätin für

Religion und sonst was und immer verständnisvoll. Milch und Kekse wenn wir gekifft haben, weil die wusste, dass wir dann Hunger kriegen. Da ist es dann schwer zu rebellieren. Gegen was willst du denn rebellieren, wenn immer alle nur Verständnis haben. Da hat er dann jeden denkbaren Scheiß gebaut. Und der Arnold immer mit dabei. Und immer ein wenig witziger als die anderen.

Manchmal, sagte Patrizia, muss man nehmen was kommt. Sie lehnte sich im Beifahrersitz zurück und schüttelte ihre Haare nach hinten. Der Sitz hatte keine Nackenstütze. Jonathan Falk sah auf ihre Beine. Sie standen immer noch, mit laufendem Motor vor dem Haus, in dem der Rupp wohnte.

Der hatte inzwischen sein Zimmer erreicht und atmete erst mal tief durch. Ihm war klar, dass seine geistige Überlegenheit nicht jedem zu vermitteln war, trotzdem war er enttäuscht. Er hatte zu dieser Clique nie wirklich dazu gehört, aber auch das war klar. Wenn man ein Wissender wird, schwinden die Beziehungen zu denen, die blind durchs Leben gehen. Er hatte das Konzept des Übermenschen verstanden, auch wenn er Nietzsche nie gelesen hatte. Er hatte einmal mit Also sprach Zarathustra angefangen, aber er fand es schwer zu lesen und schwer verständlich und er hatte es schließlich aufgegeben. Das kleine schmutzige Reclam-Heft war noch hier, irgendwo, unter seinen Sachen. Nach dem Versuch, Nietzsche zu lesen, war er wieder zu seinen Landser-Heften und den billigen Science Fiction Romanen zurückgekehrt. Dort war der Krieg der Vater aller Dinge, was er verstehen konnte, da er viele persönliche Schlachten durchkämpft hatte, bis er der wurde, der er heute war. Ein geistiger Titan, der seinen Weg ging, der sich nicht gemein machte mit der Gesellschaft, der Politik, der das Geld und jede bürgerliche Konvention verachtete. Es war einsam in diesen eisigen Höhen des Denkens, aber das war der Preis, den er dafür zahlte. Er machte nicht jeden Tag den Buckel krumm für einen Arbeitgeber, wie der Falke, er lief nicht hirnlos jemanden hinterher und er dröhnte sich nicht mit Tabletten zu. Höchstens mit Bier. Und das stand ihm ja zu. Er öffnete eine Flasche, nahm einen tiefen Zug und rülpste die Kohlensäure raus. Er ging zum Fenster und sah auf die Straße. Die Welt der lächerlichen Menschen. Er konnte sehen, dass der alte Opel von Falk noch vorm Haus stand, aber das schien ihm nicht wert, darüber nachzudenken. Genau das ist es ja, was es bedeutet, Distanz zu haben. Diese ganzen kleinen Dinge, mit denen sich diese kleinen Menschen beschäftigen, die fressen dich auf. Das ist wie ein Sumpf, wie ein Kaugummi, oder wie, wenn man in Hundescheiße tritt. Das ist es, was die Philosophie lehrt. Sich von Nichtigkeiten fernzuhalten und unabhängig und frei mit Titanenschritten die geistigen Räume zu durchmessen. Ein geistiger Titan zu sein.

Aber gerade, als er sich auf seine Matratze legen wollte, klopfte es an seine Zimmertür. Andreas wartete das ja höflich ab, kam dann herein. Rupp, alter Kumpel, wie du vielleicht weißt, hat es Veränderungen gegeben, Veränderungen, die mich persönlich betreffen und auch dich irgendwie. Das heißt es gibt etwas, über das wir reden müssen. Du meinst, dass du das Haus geerbt hast. Ja, sagte Andreas, meine Großtante ist gestorben und ich bin der alleinige Erbe. Wir waren ja immer dankbar, dass sie uns hier hat wohnen lassen, in dieser WG, der einzigen WG hier im Haus. Ja sagte der Rupp, das hab ich auch immer so empfunden, die hat uns hier toleriert und das war irgendwo ok. Aber jetzt, wo dir alles gehört, ist es ja keine Frage mehr, ob wir toleriert werden, weil es ja jetzt unser Haus ist und uns niemand mehr etwas reinreden kann.

Genau genommen, sagte Andreas, ist es nicht unser Haus, sondern mein Haus. Und damit kommen wir zu den Veränderungen. Das mit der WG ist vorbei. Ich werde hier in dieser Wohnung wohnen. Du musst leider gehen. Den anderen hab ich das schon gesagt. Für die ist das auch nicht schlimm. Sylvia zieht zu ihrer Mutter und der Spocko wollte eh nach Heidelberg. Der kennt da jemand. Da hat ers dann auch nicht mehr so weit in die Uni. Der geht da ja wirklich hin. Ich denke, du kommst auch zurecht. Ende des Monats ist Schluss. Dann wird hier renoviert. Das sind noch drei Wochen. Da findest du schon was, bist ja clever.

Klar krieg ich das hin, sagte der Rupp. Klar. Andreas ging. Ein kleiner, untersetzter Kerl, deutlich jünger als der Rupp, Studium Chemie an der Fachhochschule. Die nächste Generation. Klar, dachte Rupp, komm ich zurecht. Ich hab ja vom Leben immer nur aufs Maul gekriegt. Und wie steh ich jetzt da. Als überlegener Mensch. Klar, Monatsende, aber klar, ich krieg das hin. Er hatte, zumindest geistig, in großen Schlachten gekämpft. Als die Soldaten in ihren Panzern in die Schlacht am Kursker Bogen fuhren, da hat ja auch keiner gesagt: Hey, ich krieg meine Wohnung zum Monatsende gekündigt. Als er sich auf seine Matratze legte, konnte er den Motor des Opels hören, der immer noch vor dem Haus stand.

X

Wie ist das denn so mit dem Ulf. Meinste im Bett. Nein, eher allgemein. Na ja, wir sind verheiratet und haben Kinder. Das ändert vieles. Vor allem ist es Arbeit. Eine Ehe ist Arbeit. Eine Familie ist Arbeit. Man bekommt nichts geschenkt. Man macht das einfach. Normalerweise denke ich nicht darüber nach. Denkst du manchmal ein anderer wäre besser gewesen. Der Ulf, der ist nicht ideal, aber der ist ein Mann. Klar, gibts bessere, aber bestimmt auch schlechtere. Vielleicht ist er auch einfach nur irgendwo in der Mitte. Für mich ist es ok. Und ich habe Freiheiten.

Es war nicht klar, wie das gemeint war. Wie sie es sagte, schaute sie desinteressiert aus dem Fenster. Unter dem dünnen weißen Kleid waren ihre Nippel sichtbar. Ich hätte Lust auf eine Zigarette. Ja, sagte der Falke. Ich auch. Die filterlosen Camel lagen noch griffbereit. Er schnippte gegen die Packung. Zwei Zigaretten sprangen heraus. Da ist der Zigarettenanzünder und da der Aschenbecher. Hinten sind auch welche. Also Aschenbecher. Sie warteten gespannt, bis der Zigarettenanzünder heraussprang. Der hat nur sechs Volt, da dauert es länger. Sie zog lustvoll an der Camel und reichte den Anzünder weiter. Da hat man Tabak auf der Zunge. Ja, das ist authentisch. Also echt. Das ist ein ganz anderes Erlebnis als mit Filter. Da ist nichts dazwischen. Normalerweise rauche ich leicht, sagte sie, aber ich kann auch härter. Früher hab ich schwarzen Tabak geraucht. Selbstgedrehte und Roth-Händle und Gauloises. Das waren andere Zeiten, da hat man sich nichts dabei gedacht. Vielleicht war das auch ganz gut so. Man hat nichts davon, wenn man sich zu viel denkt.

Das Auto füllte sich mit Zigarettenrauch. Ich mach mal das Fenster einen Spalt auf. Ja, ich auch. Gott, sagte sie, das entspannt. Ist nur ne Zigarette, sonst nichts. Sie rauchten auf, warfen die Kippen durch die teils geöffneten Seitenfenster und waren sich, wortlos, darüber einig, jetzt endlich loszufahren. Wenn der noch länger im Standgas läuft, verrußen die Kerzen und dann ist Schicht im Schacht, dann muss ich die erst mal rausschrauben und saubermachen. Technik, sagte sie.

Nachdem sie losgefahren waren kam plötzlich ein tiefer heißer Widerwille in ihm auf und er wäre sie am liebsten losgeworden. Es war aber nur ein Moment, der dann schnell wieder verflogen war. Sie hielten an einer Ampel. Vor dem Haltestreifen der Ampel war ein Fußgängerüberweg. Jetzt, am frühen Samstagnachmittag waren viele Leute unterwegs. Ein Fettwanst, der einen irgendwie debilen Eindruck machte, starrte gierig in das Auto. So Leute gibt es immer mehr. Was für welche. Schwachsinnige, irgendwie Entartete, Degenerierte. Ist das in Berlin genauso. Nicht genau so, es gibt viele Verrückte, Typen, die echt einen an der Waffel haben. Die rennen dann schreiend durch die U-Bahn-Schächte. Das kommt, weil die alle Sozialhilfe bekommen und nicht wirklich was zu tun haben. Es wird gefördert, von staatlichen Stellen. Irgendwann aber rasten die völlig aus und dann kommen die auch total runter. Da nutzt dann auch die Sozialhilfe nix mehr, die fallen durch alle Raster. Aber hier ist das anders. Also bei dem Fettwanst, da war das eher erblich bedingt. Das ist, sagte Patrizia, weil die natürliche Auslese fehlt.

Sie fuhren noch weiter durch die Innenstadt und dann auf eine Ausfallstraße, die zur Siedlung führte, neben der Patrizia wohnte. Fehlt grad noch, sagte der Falke, dass jetzt ein Neger hinter einer Mülltonne vorkommt und mir sagt, dass er meine Mutter ficken will. Das ist nicht komisch, wir können uns kein Haus in einer besseren Gegend leisten. Das hier ist es. Du kannst auf das Grundstück fahren. Kommst du noch mit rein. Und dein Mann. Geht das. Ist der nicht eifersüchtig. Nein, ist er nicht. Er ist nicht eifersüchtig. Es ist eben so wie es ist.

Das Haus machte innen und außen einen heruntergekommenen Eindruck. Im Flur lag alles Mögliche Zeug herum, Kartons, Pfandflaschen, Tüten, Pizzakartons. In einem Zimmer saßen die beiden Söhne von Patrizia vor dem Fernseher. Hi, sagte der Falke. Hi, sagte der Jüngere. Der Ältere zeigte keine Reaktion. Ich zieh mir erst mal was Bequemes an. Sie ging in ein Zimmer, lies die Tür aber offen. Hey, sagte der Falke, das sieht ja wirklich bequem aus, Trainingsanzug Größe Sechsundfünfzig. Ich hab mal ein paar Kilo mehr gehabt. Die Jungs hast Du schon kennengelernt. Oberflächlich. Ja, so sind sie, das ist so ein Alter, da sind sie nicht wirklich zugänglich. Sitzen vor der Glotze. Keine Ahnung, was sie da sehen.

Er ging mit ihr in die Küche, die genauso unordentlich war, wie alles, was er bisher von dem Haus gesehen hatte. Sie ging zum Kühlschrank, nahm eine Flasche Müller-Thurgau, die schon offen, aber noch fast voll war und setzte an. Wow, sagte der Falke, das war jetzt fast ein halber Liter. Mann, sagte sie, tut das gut. Brauchst du ein Glas. Das war nur pro forma gefragt. Sie reichte die Flasche weiter. Das hätte ich jetzt nicht machen sollen, dachte er, weil ich Prinzipien habe und weil ich nie trinke, wenn ich Auto fahre. Ein Mann braucht das: Prinzipien und Durchhaltevermögen. Disziplin, dachte er, das sind die Regeln, die man sich selber gibt und an die man sich auch hält. Dann folgte ein Augenblick unbestimmter Länge, in der es schien, dass sie beide nichts dachten, was in Worten auszudrücken gewesen wäre. Es herrschte eine Vertrautheit, als wäre der lange Zeitraum, in dem sie sich nicht gesehen hatten, irgendwie überbrückt oder gar nicht vorhanden. Es war eine Selbstverständlichkeit, dass sie hier zusammen waren, in dieser unordentlichen Küche, in der Überreste von Mahlzeiten standen und schmutziges Geschirr.

Sie lehnte sich rückwärts an die abgegriffene Einbauküche, lässig, so, dass sie ihn berührte und er die Wärme ihres Schenkels spürte. Sie nahm noch einen Schluck aus der Flasche: Ich fand das gar nicht so schlecht heute. Es ist halt nicht so gelaufen wie gedacht, sagte der Falke und den Pokal sind wir wohl endgültig los. Ja, das ist vorbei, die Geschichte mit dem Pokal. Dafür sind wir im Fernsehen, irgendwo in den Lokalnachrichten. Ja, klar, sagte sie, ich, als Prinzessin, mit einem nackten Typen. Ich hoffe, die schneiden das so, dass sein Pimmel nicht zu sehen ist. Bestimmt, bestimmt machen sie das, das muss ja jugendfrei sein. Sie sah ihn herausfordernd an. Ich denke, ich war richtig gut. Ja, sagte er, du warst gut.

Er drehte sich zu ihr, beugte sich etwas über sie, sie war ja deutlich kleiner als er, und fasste sie an der Schulter an. Sie sah ihm in die Augen. Nicht überrascht. Eine durchgefickte Ehefrau. Er fuhr mit der Hand an ihrem Oberkörper herunter, berührte, fast wie zufällig ihre Brüste und ließ seine Hand unter ihre Hose gleiten. Die blauen Augen. Aber sie reagierte kaum, verhielt sich beinahe neutral. Er fuhr mit dem Daumen am Saum ihres Slips entlang, ging dann etwas tiefer und fühlte den Ansatz ihrer Schamhaare. Dann ging die Haustüre. Die Jungs sagten irgendwas zu irgendwem. Er hörte die raue Stimme mit dem beinahe gebrochenen Deutsch.

Nach zwei oder drei Minuten kam Ulf in die Küche. Das ist Ulf. Ach. Das ist Jonathan. Jonathan Falk. Der Falke. Das ist ein Freund von Valentin. Valentin ist ein Freund meiner Frau, sagte Ulf. Ist das dein Auto da draußen. Ja, das ist ein Opel von Fünfundsechzig. Bekommst du heute nicht mehr. Oder nur noch sehr selten. In Argentinien hab ich einen VW Fünfzehnhundert gehabt und später einen Chevrolet Impala. Wenn ich den heute noch hätte, der wär was wert. Ja, sagte der Falke, so nen Impala hätt ich auch gern, aber der Opel ist auch gut. Da drehen sich die Leute auf der Straße um. Man bekommt Respekt.

In Argentinien ist vieles anders, da sind auch Häuser günstiger und du kannst auf die Jagd gehen. Oder mit dem Motorrad rumfahren, also mit nem Geländemotorrad meine ich. Hier kannst du ja nicht wirklich machen, was du willst. Es gibt auch nicht so viel Gesindel in Argentinien. Warum lebt ihr dann nicht da. Mit einer kurzen Kopfdrehung wies er zu Patrizia, die immer noch an der Einbauküche angelehnt dastand in ihrem schlampigen Trainingsanzug. Der Wein wirkte. Willste ein Bier. Eins macht ja nichts. Mit einem Bier kannste immer noch fahren. Klar, sagte der Falke. Gehen wir in die Garage.

In der Garage hatte Ulf ein altes Hercules Motorrad und ein Simson Moped. Die Hercules hab ich vom Schrott. Kolbenfresser und der Tank innen total verrostet. Vergaser alle Dichtungen kaputt. Da bin ich jetzt schon über ein Jahr dran. Den Tank hab ich durchgesägt, die Teile sandgestrahlt und dann wieder zusammengeschweißt. Kannst du schweißen? Nein, sagte der Falke, ich kann nicht schweißen. Ich bin kein Handwerker, ich arbeite an der Uni. Ach. Was machsten da. Schon mal ne Studentin flachgelegt. Nur ein Witz. Dann erklärte Ulf die wesentlichen Schritte bei der Restaurierung des Simson-Mopeds. Nach drei Bier konnte sich der Falke endlich loseisen. Er hatte das Gefühl, dass es unhöflich gewesen wäre, wenn er früher gegangen wäre.

Irgendjemand hatte Wachsmalstifte auf dem Opel ausprobiert. Scheiße dachte er, ausgerechnet Wachsmalstifte, das kriegt man kaum ab. Das Lichtgrau ist so empfindlich. Er ließ sich in den Wagen fallen und kurbelte das Fenster herunter. Nach den drei Bier würde ihm wohl die frische Luft guttun. Bevor er den Motor startete, konnte er hören, wie Patrizia mit ihren Söhnen herumschrie. Er fuhr vorsichtig rückwärts in die Straße. Merkwürdige Typen waren hier unterwegs. Das sind die aus der Siedlung, dachte er. Ein alter Typ, der aussah, als würde er nicht mehr nachhause finden. Jugendliche, die aggressiv und kriminell aussahen. Aber er merkte auch die Biere und den Wein, den er getrunken hatte und er musste sich deshalb beim Fahren konzentrieren. Würde ja gerade noch fehlen, dass jetzt noch was passiert. Es dämmerte und er schaltete die Scheinwerfer ein. Schade, dachte er, dass ich kein Radio hab.

Er wohnte bei seiner jüngsten Schwester. Mit der älteren Schwester war das Verhältnis schwierig. Hast du eingekauft, empfing sie ihn. Nein, hab ich vergessen. Und was jetzt, bestellen wir Pizza. Hast du nichts da. Ein Glas mit Gurken, Senf und zwei Scheiben Toastbrot. Das reicht nicht für uns beide. Und ich geh jetzt nicht weg, ich hab mich auf dich verlassen. Keine Panik auf der Titanic. Rauchen wir erst mal was. Sie baute einen kleinen Joint. Der Falke rief beim Pizza-Service an. Zwei Mal Diavola mittel und nen Sixpack. Gott, dachte er, was für ein Tag und was für Leute. Er sog den Rauch tief ein. Tut jetzt richtig gut. Dann musste er lachen, Jackie, stell dir mal vor wenn der Pizza-Bote kommt und der riecht das Haschisch. Ja, wenn der kommt und merkt, dass wir was geraucht haben. Der merkt das doch bestimmt. Dann klingelte das Telefon. Das Ohr, sagte Jackie, da ist ein Typ dran, der nennt sich das Ohr, ich krieg mich nicht mehr. Was für ein blöder Name. Ja, sagte der Falke, das Ohr, das ist auch so einer. Was für einer. So einer jedenfalls und er musste lachen. Steiner, sagte er, das war auch so einer. Er nahm den Hörer.

Das Geld. Was für Geld. Die Agentur. Nein, es gibt keine Agentur. Wir bekommen kein Geld. Das Ohr war beleidigt. Er hatte fest damit gerechnet bezahlt zu werden und er fand die alberne Stimmung, in der der Falke war, völlig unangemessen, da es um Geld ging. Ich finde schon, dass wir das verdient haben, dass wir bezahlt werden und ich verstehe nicht, warum es diese Agentur nicht gibt. Wir haben uns so viel Mühe gegeben und wir waren im Fernsehen. Ich schaus mir mal an, wenns als Wiederholung läuft, sagte der Falke und legte auf. Dann musste er furchtbar lachen.

Dann läutete das Telefon noch mal und es war Thomas Arnold, der sehr förmlich erklärte, wie gut ihm der Tag mit seinen Freunden gefallen habe und das man das in jedem Fall wiederholen solle. Wir sollten das wieder jedes Jahr machen, so wie früher. Ok, sagte der Falke, machen wir, wir brauchen nur einen neuen Pokal. Ich bin gerne bereit, hier meinen Teil beizutragen, auch monetär, also mit Geld, meine ich. Sobald ich einen neuen Plan habe melde ich mich. Kein Thema. Dann kam die Pizza.

XI

Es läutete an der Tür. Einer ihrer Söhne machte auf. Wer isn das, rief Patrizia. Ein komischer Typ. Ist er merkwürdig, dann ist er für euren Vater wenn er sehr merkwürdig ist, ist er für mich. Der ist total komisch, schrie der Junge. Gott, ich komm ja gleich. Vor der Tür stand der Rupp. Er war außer Atem, in einer Hand hielt er einen altmodischen Stadtplan. Seine Brille war beschlagen. Bist du hergelaufen. Ich muss mit jemand reden. Der Rupp war noch nie bei Patrizia zuhause gewesen. Er war ein Freund von Valentin. Von daher kannte sie ihn. Sie fand ihn, nun ja, merkwürdig, ein klein wenig abstoßend, aber auch irgendwo mitleiderregend. Mit seinem Gerede von Philosophie konnte sie wenig anfangen.

In der Anfangszeit, als sie durch den Falken Valentin und über den den Rupp kennengelernt hatte, war der noch bei manchen Unternehmungen dabei, aber das war lange her. Sie hörte immer mal wieder von ihm, da sie ja mit Valentin noch regelmäßig Kontakt hatte. Ja, sagte sie zum Rupp, wie meinst du das. Willst du mit mir reden. Über was. Mir ist da was passiert, sagte er gehetzt. Was ganz komisches. Im Grunde hätte es sie gewundert, wenn ihm etwas normales passiert wäre und sie fand es total schräg, dass er ausgerechnet zu ihr kam, aber weil er verzweifelt wirkte, sagte sie: willst du reinkommen. Gerne. Bist du gelaufen. Mit dem Stadtplan. Ja, ich hab grad kein Geld für die Bahn. Ich spar ja für die Semestergebühr. Geld kann ich dir aber keines leihen. Du siehst ja, wies hier aussieht. Wir müssen das Haus abbezahlen. Da bleibt nichts übrig.

Der Rupp putzte seine Brille. Ich glaube ich werde wahnsinnig. Willste was trinken. Wahnsinnig, wie merkst du das. Du siehst ganz normal aus, also für deine Verhältnisse. Dann kamen die Söhne von Patrizia in die Küche. Sie machten den Kühlschrank auf und stritten sich um eine Packung Orangensaft. Gott, sagte Patrizia, könnt ihr einmal irgendwas machen ohne zu streiten. Raus jetzt. Der Typ hat irgendwie ein Problem. Sieht man, dass der ein Problem hat. Nicht beachten. Was war das mit dem wahnsinnig werden. Wie hasten das gemerkt. Ich weiß nicht, wie ich das sagen soll. Ich bin zum Getränkemarkt. Wollte mir ein paar Bier kaufen und plötzlich: Das war, als könnte ich den nicht erreichen. Als wär die Strecke zum Getränkemarkt zu lang und ich würde es nicht schaffen. Mir ist schwindlig geworden und ich bin in die Knie gegangen und hab angefangen zu zittern. Eine alte Frau hat mich aufgehoben und gefragt ob alles in Ordnung ist und ich hab geschrien: nichts ist in Ordnung und ich hab geheult und bin nachhause gerannt. Nachhause also in die WG, aber da wohnt ja nur noch der Andreas und der will mich raushaben. Ach, sagte sie, will der jetzt alleine in der Wohnung wohnen. Ja, sagte der Rupp, der will die Wohnung für sich alleine. Der hat ja das Haus geerbt und jetzt will er keine versiffte WG dort haben. Der will nur richtige Mieter und eine Wohnung für sich. Der ist jetzt Hausherr.

Willst du ein Glas Wein. Nein, sagte der Rupp, ich hab was genommen, ein Beruhigungsmittel, ich weiß nicht, ob sich das mit Alkohol verträgt. Du kannst auch ein Glas Wasser haben. So wie ich das sehe hast du voll die Panik. Ja, das ist doch normal. Ich hab fünfunddreißig Euro auf dem Sparkonto und zehn Euro in bar und dann noch Leergut für vielleicht zwanzig. Ich hab auch nichts, was ich verkaufen kann. Und in vierzehn Tagen muss ich da draußen sein. Der

Andreas stellt mir sonst mein Zeug auf die Straße. Ist ja eh nicht viel.

Patrizia schaute aus dem Fenster. Auf der anderen Straßenseite machte sich so ein Typ aus der Siedlung an einem Fahrrad zu schaffen. Sie kannte den. Robin hieß der. Vielleicht dreizehn. Sieben Geschwister. Der Vater, ein Türke, in Polen im Gefängnis. Die Mutter Bedienung in einer Kneipe die Treffpunkt Bulldog hieß. Sie kannte die Frau oberflächlich. Da kannste was verdienen, wenn du deine Titten zeigst, hatte sie gesagt. Es geht aber auch noch mehr. Je nach dem, was du machen willst.

Das ist knapp, sagte sie. Vierzehn Tage. Aber Probleme mit dem Umzug hast du wohl kaum. Ist ja nur ne Matratze. Das ist ja auch nicht das Problem. Ich krieg ja schon die Krise, wenn ich über die Straße gehen muss. Ich denke, ich breche zusammen und kriege dann voll die Panik, so, dass ich glaube, mir bleibt das Herz stehen. Wie soll ich mich da in einer neuen WG vorstellen. Du weißt nicht, wie das ist, heutzutage mit den WGs. Ihr habt ein eigenes Haus, das ist was ganz anderes. Hast du mal in ner WG gewohnt. Nein, ich hatte eine eigene Wohnung. Da hab ich dann auch mit Ulf gewohnt, bis wir das Haus gekauft haben. Ich weiß nicht, wies heute in den WGs zugeht oder wie das früher war. Früher war das so, er rang nach Luft, also man kann das kaum richtig erklären, da gabs Leute, die kannten sich und es gab eben ein paar Wohnungen, die die hatten, irgendwelche Altbauwohnungen, Häuser, wo der Vermieter sowieso nicht genau hingeschaut hat und wenn man da einen kannte, dann ging was, wenn da ein Zimmer frei war. Die Miete ging dann durch vier oder fünf und es blieb genug zum Leben und vor allem, da hat keiner gefragt, wer ist das jetzt oder gesagt, den nehmen wir rein oder auch nicht.

Und heute ist das so: IKEA, Putzplan und dann, wenn da ein Zimmer frei wird, dann machen die so ein richtiges Casting, wie wenn sie einen Schauspieler suchen für einen Film und alles muss zusammen passen. Dir ist wohl klar, dass das bei mir nicht geht. Ich hab mich schon in der Schule mit Philosophie beschäftigt, mit wem passe ich wohl zusammen. Ich seh die Dinge so wie sie sind. Das kann ja praktisch niemand. Und ich hab halt die Distanz. Ich hab diese geistige Überlegenheit. Aber die nützt dir jetzt nichts. Nein, sagte der Rupp, natürlich nützt mir das nichts. Dabei bin ich ja eigentlich so was wie ein Übermensch. Nietzsche, frage Patrizia. Ja, sagte er Nietzsche, du weißt, wer das ist. Zarathustra. Gehst du zum Weib … Ich hab Nietzsche gelesen. Was. Alles. Ich habe eine Gesamtausgabe. Was hast du gelesen. Oh, äh, so eher übergreifende oder zusammenfassende Literatur. Im Studium ist das so. Da beschäftigt man sich nicht mit den Texten. Da liest man Sekundärliteratur. Der Übermensch, also das Konzept, das ist ja klar, und auch, dass man das versteht, wenn man sich mit Philosophie beschäftigt.

Patrizia wandte sich ab und schrie in die Wohnung hinein: Habt ihr Hausaufgaben auf. Nein und schon gemacht kam von irgendwoher die Antwort. Also das glaub ich nicht. Nehmt ihr mich auf den Arm. Gottverflucht. Ihr werdet es bereuen. Ich mache euch das Leben zur Hölle, wenn ihr mich anlügt. Dann sah sie wieder den Rupp an. Er hatte sich nie wirklich mit Philosophie beschäftigt. Nie etwas gelesen. Er war so wie einer, der aus einem Asterix-Heft alea jacta est aufgeschnappt hat und dann darauf angewiesen ist, dass er nie einem richtigen Lateiner begegnet. Irgendwo war ihr Leben auch von der wahren Erkenntnis entfernt, aber immerhin, sie hatte diese Gesamtausgabe. Und sie hatte sie gelesen. Wann schreibt ihr die nächsten Arbeiten, schrie sie in die Wohnung. Weiß nicht. Und: Diktat nächste Woche. Dann lernt gefälligst was oder ihr werdet es bereuen.

Du bist schon ein Vogel, sagte sie zum Rupp. Willste ne Cola. Ja, sagte er kleinlaut. Als deutscher Dichter und Denker hätte er diesen Amerikanismus abgelehnt, aber die Reihe seiner Möglichkeiten schwand. Er wollte nicht riskieren, dass sich das Beruhigungsmittel, das er genommen hatte, mit Alkohol nicht vertrug. Jetzt siegte selbst die unkultivierte Welt von jenseits des Atlantiks, die Welt der Auswanderer und Kriminellen über ihn. Und ich muss noch nachhause. Laufen. Gott. Dann klingelte das Telefon. Wandapparat. Ich bin nicht allein. Der Rupp. Der ist schlecht drauf. Dann ging das Gespräch noch eine ganze Weile weiter. Patrizia sagte aber immer nur äh, oder ja, oder hmm, so dass der Rupp nicht verstehen konnte worum es ging oder wer überhaupt dran war. Er saß unbequem auf der Eckbank in der Küche und fürchtete sich aufzustehen und sich selbst einen besseren Platz zu suchen. Er fürchtete, den Söhnen von Patrizia in der Wohnung zu begegnen. Sein Blickfeld verengte sich. Er sah irgendwelche Dinge an der Wand. Einen Kalender, ein Loch für einen Dübel, Spuren von Filzstiften und Wachsmalkreide.

Das hätte ihm nicht passieren dürfen. Er hatte seine Lebensweise als vollständig überlegen angesehen. Er hatte jeden verachtet, der regelmäßig arbeiten ging. Die Sklaven der Arbeit, dann jeden, der die Vorlesungen im Philosophie Studium besuchte. Ihm war klar, dass man Philosophie nicht in einer Vorlesung lernt, sondern durch das Leben, und er verachtete jeden, der sich vom Geld knechten lies. Er hatte wenig und bedurfte noch weniger. Weder Arbeiter noch Kapitalisten, weder Studenten noch Professoren waren seiner ebenbürtig. Und doch hatte das Leben ihm eine Falle gestellt. Er war der höchstentwickelte Mensch und doch kam er zu Fall. Eine Ungerechtigkeit des Universums. Und er musste wieder nachhause. Durch die Straßen. Er fürchtete, dass er zusammenbrechen würde, wie es schon einmal passiert war. Nun rächte sich die Welt. Tut gut, so ein kaltes Cola, sagte Patrizia. Er stimmte zu. Das war Jonathan, also der Falke. Er ist noch hier. Ja, er ist noch hier. Seine Schwester hat sein Fahrrad verkauft. Da ist er angepisst.

XII

Wo ist mein Fahrrad, ist das bei dir im Keller. Was für ein Fahrrad. Mein Fahrrad. Du hast kein Fahrrad, sagte Jackie. Natürlich hab ich ein Fahrrad. Ich habs nur damals nicht mitgenommen, als ich nach Berlin bin. Es hat nie jemand gesagt, dass das dein Rad ist. Und das ist ja auch schon so lange her. Klar ist das mein Rad, sagte der Falke, alleine schon, weil ihr beide zu klein seid, um damit zu fahren. Von daher ist es logisch, dass das Rad von Pa mir gehört. Du hast es verkauft. Warum. Schau dich mal um, wie die Wohnung hier aussieht. Was glaubst du wohl, warum ich nur ein Glas Gurken im Kühlschrank habe. Und es ist nicht, weil ich eine Diät mache. Du hast keine Kohle, fragte er vorsichtig. Du hast dich ja nie um was gekümmert. Die Geschichte mit dem Physikbuch. Und dann noch vorzeitig für volljährig erklärt. Und dann als Krönung: ganz schnell weg nach Berlin. Ich hatte schon die Einberufung, was sollte ich machen. Sie schwiegen.

Ich geh jetzt spazieren, sagte der Falke nach einiger Zeit. Auf den Friedhof. Jackie antwortete nicht. Er nahm seine Jacke und verließ die Wohnung. Im Hausflur roch es muffig. In der Straße waren Telefonläden, Ein-Euro-Läden und ein Döner Grill. In Berlin nannte man so etwas einen Kiez und war stolz drauf. Gott, dachte der Falke, was für eine Gegend und was für Leute. Es erschien ihm jetzt weit, zum Friedhof zu laufen und er dachte daran, die Straßenbahn für die zwei Haltestellen zu nehmen. Ja, mal wieder mit der Straßenbahn fahren. Die Haltestelle war nicht weit von da, wo Jackie wohnte. Er war hier schon mal gewesen, oft eigentlich, aber es war lang her und seine Erinnerungen nicht konkret. Zu Jackie hatte er nie eine besondere Beziehung gehabt, der

Altersunterschied war zu groß. Und seine ältere Schwester, Rebecca, hatte sich immer als heimliches oder sogar wirkliches Familienoberhaupt gefühlt und ihn das öfters unangenehm spüren lassen. An dieser Familie war doch nichts zu retten, damals. Das ist so, als würde man auf einem sinkenden Schiff den Kapitän austauschen.

Er blieb immer so lange wie möglich in der Schule, verbrachte die Zeit außer Haus. Hatte jetzt seine Mutter eine Affäre oder sein Vater. Die Erinnerung war verblasst. Ebenso wie der Schock, dass ihn keiner der Elternteile nach der Trennung haben wollte. Vorzeitig für volljährig erklärt. Er hatte schon mit sechzehn eine eigene Wohnung. Sein Vater hätte die bezahlen sollen. Das machte er manchmal, manchmal aber auch nicht. Pa war ein Arsch, dachte er. Wenn er knapp war, hatte ihm manchmal Patrizia die Miete bezahlt. Die war zwar auch noch Schülerin, aber ihr Bruder arbeitete Schicht, da war Kohle da. Thomas Arnold hielt sich vornehm zurück. Sein Vater war ja irgendwas beim Amt, ein hohes Tier und der hatte immer Geld. Es wäre aber nie in Frage gekommen, dass er irgendjemanden unterstützt hätte. So weit hat der nie gedacht. Er hing aber oft in der Wohnung des Falken ab. Sie redeten viel. Arnold redete viel von sich selbst. Das Ohr wollte die Welt aus den Angeln heben. Valentin kam erst später zu der Clique dazu. Dieser ungelenke, finstere Typ. Dann kam die Zeit.

Gott, dachte der Falke, wie dreckig hier alles ist. Ich hoffe, da macht niemand was an dem Opel. Schlimm genug, dass der jetzt den Kratzer hat von vorne bis hinten. Und dann noch die Wachsmalkreide. Hoffentlich geht das ab. Wahrscheinlich muss man das Blech dafür warm machen. Da muss ich in die Werkstatt, das hat mir gerade noch gefehlt. An der Haltestelle war die Sitzbank besetzt. Eine sehr übergewichtige Frau saß dort, ein Rentner mit Gehhilfe, eine Frau, die er als Italienerin einschätzte mit einem Jungen, vielleicht zehn, der dauernd quengelte, vielleicht geistig behindert. Zwei türkische Mädchen. Eine junge Frau mit grobem Gesicht. Der Falke stellte sich dazu. Auf dem Boden lagen Überreste von Fastfood-Verpackungen und Scherben einer zerbrochenen Bierflasche. Autos fuhren vorbei. Die junge Frau roch nach Alkohol. Der Junge quengelte mit quietschender Stimme, wobei jedes zweite Wort Mama war.

Der Falke überlegte, ob er eine Fahrkarte kaufen sollte. Für zwei Stationen. Echt jetzt. Er beschloss schwarz zu fahren. Das hatte er am Anfang, als er in Berlin war, oft gemacht. Aber dann war ihm Schwarzfahren in Berlin zu klischeehaft vorgekommen und er hatte es bleiben lassen. Aber hier, in dieser Gegend, war es wohl egal. Es gab keinen Anspruch, wie jemand zu sein hatte oder sich benehmen musste. Es war einfach keinerlei geistiges oder kulturelles Niveau erkennbar. Von daher, dachte er, ist es beinahe selbstverständlich, dass ein Typ wie der Rupp sich als Übermensch fühlt. Überhaupt, damals. Das war das Geheimnis der Clique, das Geheimnis der Zeit und des Rituals. Ihn selbst betraf das natürlich nicht, da er als Schüler sein Physikbuch vollständig gelesen hatte. Und was wichtig ist, ich habe auch das verstanden, was ich gelesen habe. Verständnis ist der Schlüssel zur Welt, nicht Selbstüberwindung.

Thomas Arnold hatte damals auch mitgemacht. Da war er noch nicht fett. Der kleine Kerl ging Ende Februar ins kalte Wasser und schwamm. Wie ein Fisch, was ihn immer überrascht hatte. An Land war er allerdings ein Schwächling und Dummschwätzer. Immer ein wenig besoffener als die anderen. Immer ein wenig lustiger. Valentin war nie lustig. Er hatte kein Geld und konnte sich selbst als Erwachsener nur ein Moped leisten. Bis dahin, wo sie sich aus den Augen verloren. Das Moped, dachte er, wenn ich daran denke. Es knatterte und stank nach Öl und Abgasen. Aber es fuhr und war soziustauglich. Dann hatte alles ein Ende gefunden. Er hatte die Einberufung verschwitzt. Klar, ich konnte mich ja damals nicht um alles kümmern. Valentin hatte ihm dann klargemacht, dass ihn die Feldjäger holen würden. Da musste er überstürzt abreisen. Gott, dachte er, damals, da war ich naiv. Valentin musste nicht zum Bund. Er hatte einen Unfall und konnte lange nicht gerade laufen. Den hats damals richtig erwischt, Reisebus, ungebremst, da kam er erst im Krankenhaus wieder zu sich. Gedächtnisverlust. Der hat mich nicht erkannt. Seine Eltern auch nicht. Später gings dann aber wieder. Aber irgendwas hat er zurückbehalten, dachte er. Irgendwie komisch war er ja. Vielleicht war er das aber auch schon vorher und wir habens nicht gemerkt.

Ein Typ, der aussah, als würde er seine Freundin verprügeln, stellte sich neben den Falken. Hier fuhren die Bahnen nicht so oft wie in Berlin. Der Rentner mit der Gehhilfe fing an zu zittern. Das war ja ein Flop mit dem Ritual. Und dann Patrizia mit diesem nackten Typen. Und erst diese Pädagogen mit ihren verzogenen Bälgern. Die Bahn näherte sich. Der Alte mit der Gehhilfe hatte sich an der Kante des Bahnsteigs positioniert. Trotz seiner Schwäche hatte er sich einen Platz erkämpft, von dem aus er als erster einsteigen konnte. Allerdings wollte, als die Tür sich öffnete, eine Frau, ebenfalls uralt und mit Gehhilfe, aussteigen und geriet ins Straucheln, weil sie dafür nicht genug Platz hatte. Der Alte musste nun seinerseits zurückweichen. Sie sind fast tot, dachte der Falke, aber sie kämpfen noch. Wie groteske

Insekten. Er stellte sich vor, dass sich ihre Gehhilfen ineinander verhaken würden und dass sie dann beide sterben müssten. Derweil spurteten der Schlägertyp und die Frau mit dem groben Gesicht zu einer anderen Tür. Die sehr übergewichtige Frau war aufgestanden und stöhnte. Der behinderte Junge jammerte in noch höheren Tönen.

In jedem einzelnen Fall schienen dem Falken die Einschränkungen, denen diese Menschen unterworfen waren, bedauerlich und irgendwo nachvollziehbar, in der Gesamtheit aber ergab sich das Bild einer degenerierten Menschheit. Würden sie von außen angegriffen, dachte er, von Außerirdischen beispielsweise oder von Kommunisten, sie könnten sich nicht verteidigen. Und irgendwo hat Patrizia recht, wenn sie sagt: Es fehlt die natürliche Auslese. Genau genommen war sogar das Gegenteil der Fall. Die Gesellschaft freute sich an allem was krankhaft, gebrechlich oder irgendwie abartig war. Er schlenderte zur hintersten Tür der Bahn und stieg ein. Im Heck des Fahrzeugs hielten sich nur einige Jugendliche auf, die er als kriminell und gewalttätig einschätzte. Die wird wohl kaum einer kontrollieren, dachte er, und wenn, dann machen die Rabatz. Obwohl noch Sitzplätze frei waren, blieb der Falke in der Nähe der Tür stehen. An der nächsten Haltestelle stiegen die Jugendlichen aus. Er war jetzt alleine in dem hinteren Teil der Bahn und hatte einen guten Blick nach vorne, aber die anderen Fahrgäste interessierten ihn nicht mehr. Er dachte an die Zeit nach der Schule und an Patrizia.

An der Haltestelle Friedhof stieg er aus. Er atmete erst mal tief durch. Gute Friedhofsluft. Er wurde wieder etwas munterer und seine Stimmung hellte sich auf. Wegen dem Fahrrad war er aber immer noch verärgert. Na ja, sagte er schließlich, weg ist weg. Er hatte sich auch nie wirklich um seine Schwestern gekümmert, nachdem er nach Berlin gezogen war. Stillschweigend hatte er angenommen, das sie irgendwie durchkamen. In der kurzen Straße vor dem Friedhof waren ein Kiosk, eine Speisegaststätte, mehrere Anbieter von Grabsteinen, ein verwilderter Garten und eine Telefonzelle. Ob die noch funktioniert. Er schritt durch das Tor, ein steinerner Rundbogen, der sich an eine kleine Kapelle anschloss. Ich kann mir hier ja schon mal einen Platz aussuchen. Im Grunde, dachte er, war ja gar nicht geregelt, was passieren sollte, wenn er starb. Seine Schwestern waren seine einzigen nahen Verwandten. Er hatte ansonsten nur noch eine Cousine von was-weiß-ich wievielten Grades, die etwa so alt war wie er und angeblich in Norddeutschland wohnte. Die hatte er einmal in seinem Leben gesehen. Was also würde passieren? Es gab keinen irgendwie gearteten Automatismus, dass irgendjemand benachrichtigt wurde, wenn er starb. Ja, dachte er, das ist wirklich merkwürdig. Es denkt keiner dran, aber trotzdem ist es möglich.

Der vordere Teil des Friedhofs war voll alter Gräber und alter Bäume. Im Sommer ist das schön. Aber jetzt waren die Bäume natürlich noch kahl. Aber selbst im Februar hat das seinen Reiz. Es war auch nicht so kalt, wie an dem Tag, als sie rausfuhren um das Ritual durchzuführen. Es hat mehr als zehn Grad. Er las Inschriften auf Grabsteinen und rechnete aus, wie lange die Leute gelebt hatten. Ein Eichhörnchen kam auf ihn zu und er warf Steine nach ihm, so dass es verschwand. Gott, dachte er, die Soldatengräber, arme Schweine, alle verheizt. In der Schule hatten sie Im Westen nichts Neues gelesen. Er war mit dem Ohr, mit Thomas Arnold und Patrizia in einer Klasse. Er war aber der einzige von ihnen, der ein einigermaßen guter Schüler war. Der

Arnold, dachte er, der war ja damals schon dauernd besoffen. Er kasperte herum und alle lachten. Komische Zeit. Und dann, irgendwie begann der Zauber. Es war, als ich meine eigene Bude hatte. Arnold, das Ohr und Patrizia gingen nach der Schule mit. Manchmal kochten sie Spaghetti. Ja, dachte er, das war so eine Zeit, da wusste noch keiner so recht, was er wollte.

Dann fehlte Thomas Arnold auf einmal. Er kam nicht mehr zum Unterricht. Erst gab es Gerede, aber dann wurde er schlicht und einfach vergessen. Schließlich fand er ihn auf einem Platz der Stadt. Er hatte sich die Haare lang wachsen lassen und spielte Gitarre. Es war Sommer. Alles ist möglich, sagte er, wenn die Sterne richtig stehen und wenn du dich richtig ernährst. Milchsaures Müsli. Es muss milchsauer sein. Dann griff er in die Saiten und es stellte sich heraus, dass er fast nichts spielen konnte. Er war völlig zugedröhnt. Kannst ja mal wieder bei mir vorbei kommen, sagte der Falke. Du weißt ja noch, wo ich wohne. Der hat einfach die Schule geschmissen. Aber für ihn war das Risiko nicht so hoch, die hatten ja Geld, zuhause. Seinem Vater war das natürlich nicht recht. Es war ihm regelrecht peinlich. Und seine Mutter konnte erst recht nichts machen, die nahm ja selber Tabletten. Dann ging Patrizia ab.

Er schlenderte über den zentralen Weg des Friedhofs. Der Mittelpunkt wurde durch einen kleinen Platz mit einem Kriegerdenkmal gebildet. Dahinter war der neuere Teil. Er lief, bis er frische Gräber entdeckte. Erdbestattung. Er fand Verbrennung hygienischer. Die sollen mich mal verbrennen, dachte er, dann können sie die Urne mit der Post hierher schicken. Vielleicht würden sich ja seine Schwestern drum kümmern. Oder Thomas Arnold. Na ja, der eher nicht. So fett, wie der geworden ist. Und dann die ganzen Medikamente, die der nimmt. Der war jetzt praktisch sein ganzes Leben lang zugedröhnt. Der würde sowas ja nicht auf die Reihe kriegen. Dieses fette Walross. Gott, dachte er, man kann sich auf keinen mehr verlassen, heutzutage.

Auf dem Rückweg rief er bei Patrizia an. Er war überrascht, dass der Rupp dort war. Ausgerechnet der. Dieser Hochstapler. Und wenn es ihm schlecht geht, dann ist das nur gerecht. Irgendwann rächt sich das Universum, wenn es von so einer Ratte ständig in den Arsch gekniffen wird. Jackie hat mein Fahrrad verkauft, sagte er. Schon vor Jahren. Sie hat es nicht mal nötig gehabt, mich zu fragen oder mir irgendwas zu sagen. Du kannst dich doch noch an das Rad erinnern. Das Rad von meinem Pa. Patrizia sagte ach und ja und ah ja und hmm. Das Thema interessierte sie wohl nicht so. Gott, sagte der Falke, mir war das Rad wichtig gewesen.

XIII

Soll ich dich fahren, fragte Patrizia. Na ja, wenns dir nichts ausmacht. Ich glaube ich schaffs nicht durch die Straßen. Schon gut, sagte sie, komm mit. Und zu ihren Söhnen ich fahre den jetzt nach hause. Stellt nichts an und geht nicht weg. Wo fährste den Typ hin. In die Klapsmühle. Sie lachten höhnisch. Hahaha, in die Irrenanstalt. Nehmt euch zusammen, schrie Patrizia, Gottverflucht, benehmt euch oder ich mache euch das Leben zur Hölle, ich bin eure Mutter, ich kann das. Und zum Rupp: kriegen wir schon hin, komm einfach mit. Ein Irrer auf dem Weg in die Irrenanstalt, sagte der Jüngere. Hab ich gehört, schrie Patrizia und bei Gott ich schwör dir, das hat Konsequenzen. Alles was ihr macht hat Konsequenzen, ihr Ratten. Und zum Rupp: wir fahren mit meinem Wagen. Ich hab nen Golf.

Der Rupp folgte furchtsam. Die Welt hatte ihn am Kanthaken. Er war erledigt. Zitternd setzte er sich auf den Beifahrersitz. Patrizia fuhr vorsichtig durch das Viertel. Auf der einen Seite die Siedlung, auf der anderen die Häuser von denen, die sich nichts Besseres leisten konnte. Jugendliche und Kinder. Zukünftige Nutten und Dealer. Ich hoffe, sagte sie, meine Jungs lassen sich da nicht mitreißen. Sie hielt an einer Ampel. Der Rupp weinte leise. Bei Grün gab sie richtig Gas. Da gabs ja diese Geschichte, wie sie in Berlin mit ihrem Ford Consul den Ku'damm runter gefahren ist, mit Tempo hundert, genau in der Mitte, zwischen den Fahrspuren. Valentin hatte ihm das erzählt, aber er hatte nicht verstanden, was er damit meinte, als er sagte: die hat sowas wie eine Befreiung erlebt. Für ihn waren Frauen verehrungswürdig oder Dienerinnen. Er hielt es mit Nietzsche. Den hatte er aber zugegebenermaßen nie gelesen. Ich sollte Herr über mein

Schicksal sein, dachte er, aber alles um ihn herum drehte sich. Ich bin erledigt. Patrizia zog die Gänge bis zur Drehzahlgrenze und fuhr einmal bei Rot über eine Ampel. Er schaute zu ihr rüber. Wie selbstsicher sie ist. Mit ihrem Norwegerpullover und ihren zerschlissenen Jeans. Sie hielt mit quietschenden Reifen.

Das Haus aus der Gründerzeit. Nur noch ein paar Tage. Dann war der Rupp heimatlos. Du hast ja noch ein paar Tage, kannst dir immer noch was überlegen. Ich kann nirgends hin, heulte er und machte dabei keinerlei Anstalten aus dem Auto auszusteigen. Hör mal zu, sagte sie, ich hab heute noch andere Sachen zu tun. Meine Jungs, die bauen viel Scheiß, wenn du verstehst, was ich meine und ich muss da hinterher sein, die brauchen mich. Aber wenn du willst, bringe ich dich rauf. Der Rupp schnäuzte sich und nickte. Sie stieg aus, ging um das Auto herum und öffnete die Beifahrertür. Wackelig stieg der Rupp aus. Hast du Schlüssel dabei. Ja. Er schloss zitternd auf. Im Hausflur lagen Werbeprospekte auf dem Boden, insgesamt aber war es sauber. Gründerzeit. Die WG war im dritten Obergeschoss. Sie ging mit ihm die Treppe hoch, er stützte sich auf sie.

Als sie in die Wohnung eintraten, trafen sie Andreas im Flur. Ein kleiner, feister Kerl. Die Verwandlung vom WG-Genossen zum Hausbesitzer war jetzt vollkommen abgeschlossen. Er sah Patrizia gierig an und sagte: Das ist hier mein Haus. Ich bin der Besitzer. Ich hab selber ein Haus, antwortete sie knapp und ging dann mit dem Rupp in sein Zimmer. Andreas glotzte auf ihren Hintern bis die Tür geschlossen wurde. Das Zimmer war immer noch spartanisch, wie sie es in Erinnerung hatte. Eine Matratze, vermutlich dieselbe seit zwanzig Jahren, ein schmaler

Kleiderschrank, ein billiges Regalsystem mit ein paar Büchern, der Tisch mit seinen Spielzeugsoldaten, drei Kästen Weizenbier und ungefähr genau so viel Leergut. Der Rupp sackte auf seiner Matratze zusammen. Patrizia setzte sich neben ihn. Ich weiß nicht, was ich machen soll. Ich muss doch studieren. Das ist doch mein Leben. Ohne die Philosophie bin ich nichts. Wenn du studierst, wo lernst du dann, fragte Patrizia. Ich seh hier keinen Schreibtisch. Hier sagte er. Hier auf meinem Bett. Ich hab auch als Kind keinen Schreibtisch gehabt. Mein Vater war ja auf Schicht. Der konnte sich um nichts kümmern.

Und Freunde. Ich. Freunde. Ich hab keine Freunde. Valentin, der kennt mich wenigstens noch. Aber da kann ich bestimmt nicht wohnen. Er hat auch ne Freundin, aber die taugt nichts. Das ist kompliziert. Und in seiner Wohnung, da ist auch kein Platz. Das ist unterm Dach. Ich war da nie, sagte der Rupp und die Freundin kenn ich auch nicht. Ich kann nirgends hin, aber, ich muss damit leben. Die Philosophie. Ich denke an Sokrates und Schopenhauer. Das Bett, sagte er, ist das Nest vieler Krankheiten und stand auf. Das ist jetzt aber Kant, sagte Patrizia. Das ist der Geist der Philosophie. Der Übermensch wird im Feuer geboren und bewährt sich in Stahlgewittern. Er hatte sich wieder gefangen. Ich danke dir für deine Dienste, Weib. Sag, wenn du was brauchst, sagte Patrizia und wendete sich um, um zu gehen. Und danke für alles, sagte der Rupp leise. Sie schloss die Wohnungstür und dachte: die Welt hat ihn bei den Eiern. Dann stieg sie in ihren Golf und fuhr los.

XIV

Das Ohr erwachte aus schwerem Schlaf und ertastete in der Dunkelheit eine Weinflasche. Dann, irgendwo die Lampe. Der Schalter klackte und eine trübe Glühbirne beleuchtete den höhlenhaften Raum in dem er lebte. Seine Plattensammlung, die Gitarren und Teppiche und sonstige Tücher an der Wand, das Bett, ein Mittelding zwischen Matratze auf dem Boden und irgendwas anderem. Er griff zum Telefon und wählte die Nummer von Thomas Arnold. Es dauerte länger, dann meldete sich Arnold stöhnend. Was is. Es ist sieben Uhr, brüllte das Ohr in die Sprechmuschel. Sieben Uhr. Morgens oder abends. Das weiss ich nicht, brüllte das Ohr, dann warf er den Hörer auf. Er sah sich um. Hier wurde die Zeit bewahrt, nicht die Uhrzeit.

Der Raum, in dem das Ohr lebte, seit er aus dem Gefängnis entlassen worden war und in dem er seine Artefakte bewahrte, gehörte zu seiner Wohnung, die einstmals ein kleiner Laden gewesen war. Das Sozialamt hatte ihm diesen kuriosen Wohnraum zugewiesen. In den letzten Jahren hatte sich die Umgebung gewandelt. In den ehemaligen Arbeiterstadtteil waren wohlhabendere Bürger gezogen. Es wurde renoviert und aufgewertet. Hätte das Ohr jemals den Rollladen vor der ehemaligen Schaufensterscheibe hochgezogen, wäre ihm das vielleicht aufgefallen, aber aus gutem Grund oder vielleicht auch nur aus Gewohnheit ließ er das bleiben. Verlies er die Wohnung, dann ignorierte er die jungen Familien und die neuen Straßenlaternen, die wie alte Gaslaternen aussehen sollten. Er ging ins Bad, das genau so sparsam erleuchtet war, wie der Wohnraum, pinkelte und ging danach in die Küche, einen schmalen, schlauchförmigen Raum, in dem die Überreste seiner Laborausrüstung lagen und Kartons mit undefinierbarem Inhalt aufgestapelt waren. Hier waren auch seine Manuskripte, an denen er teilweise seit Jahren gearbeitet hatte. Insbesondere ein fast tausendseitiges, beinahe beendetes Buch, in dem er nachzuweisen versuchte, dass die meisten physikalischen Formeln gefälscht waren. Alleine, dass es keine Relativitätstheorie für Drehbewegungen gab, war schon verdächtig und ließ ihn die Relativitätstheorie insgesamt anzweifeln.

Er hatte oft mit Jonnyboy Falk darüber geredet, bevor der nach Berlin zog. Danach war er auf sich alleine gestellt. Er war der Bewahrer und er machte seine Sache so gut es ging. Black Sabbath, dachte er und legte Paranoid auf. Vinyl versteht sich. Er misstraute moderneren technischen Formaten. Ein Tonbandgerät, das ging in seinen Augen gerade noch. Über die Jahre hatte er ein semiprofessionelles Gerät gepflegt, aber dann, als die Gummirollen nach und nach verschlissen und aushärteten und die Bänder leierten, hatte er sich schweren Herzens davon getrennt. Gegen Mitternacht an einem kalten aber trockenen Wintertag hatte er das Gerät auf eine Brücke geschleppt und in einen Kanal fallen lassen. Danach glaubte er eine Polizeisirene zu hören, rannte davon und versteckte sich bis zum Morgengrauen in einem Park. Man kann ja nie vorsichtig genug sein.

Er hatte noch Knäckebrot und Kräuterquark im Kühlschrank. Er widerstand der Versuchung, den Rest des angebrochenen Weines zu trinken und machte sich einen Pulverkaffee. Danach rief er wieder bei Arnold an. Der meldete sich wieder, verschlafen, harmlos: Mann, brüllte er in die Sprechmuschel, wir waren im Fernsehen. Und wir kriegen noch Geld von dieser Agentur, aber Jonnyboy der Sack will nichts rausrücken, willst du mal mit ihm reden. Wir haben das verdient. Mann, sagte Arnold, schrei nicht so, es gibt keine Agentur und wir waren auch nicht im Fernsehen. Ich habs doch gesehen, wie die uns aufgenommen haben. Mann, ich hab die Regionalnachrichten gesehen und da ist nur Patrizia und dieser Politik-Typ und sie haben das so geschnitten, dass sein Pimmel nicht mit drauf ist. Und wir sind auch nicht mit drauf. Was für eine Schweinerei, sagte das Ohr. Die haben uns beschissen.

Es geht doch gar nicht um dich. Da sind natürlich Aufnahmen von mir dabei. Was meinst du, warum da die Kameras standen, denk doch mal nach. Die Kameras waren da wegen dem Politik-Typ sagte das Ohr jetzt etwas verunsichert. Du meine Güte, dir muss man aber auch alles erklären. Ich kann nicht aus dem Haus, ohne dass so was passiert. Die haben auch die Frau bezahlt, die mich einen widerwärtigen, fetten, ekligen Typen genannt hat, der ständig onaniert. Na ja, sagte das Ohr, vielleicht kennt die dich ja. Findest du das etwa lustig. Das sind so kleine Nadelstiche. Aber die machen das natürlich immer so, dass man nichts beweisen kann. Die hat so getan, als würde sie mit einer anderen Frau reden, aber es war vom Timing her genau so, dass ich es hören sollte. Ich war gemeint, aber ich kann es nicht beweisen. Und jetzt haben die Aufnahmen davon, Bild und Ton und die lachen sich schlapp, wenn sie das sehen.

Was meinst du, wer die sind. Das sind die Mächtigen der Welt. Die stehen hinter den Geheimdiensten, hinter Militär, Polizei und Politik. Ich bin ja immerhin Sohn eines hohen Verwaltungsbeamten, da schauen die genau hin. Die wissen, dass ich was weiss. Mein Vater hat ja früher Akten übers

Wochenende nach hause mitgenommen. Denen ist schon klar, dass ich da Einblick hatte in alles Mögliche. Und dann setzen sie ihre Organisation an. Erst mal haben sie verhindert, dass ich Abitur mache. Sie haben mir noch nicht mal den Job bei der Post gegönnt.

Ich dachte, sagte das Ohr, das wär wegen der Frau gewesen, weil die sexsüchtig war und sogar am Samstag was wollte. Wie naiv kann man sein. Das sind doch keine Zufälle. Nach außen hin siehts natürlich immer so aus. Und klar, als ich gekündigt hab, da war die dann auch weg. Mit ner ganz fiesen Begründung: Ich hätte bei einer Grillparty die Würstchen nicht schnell genug auf den Grill gelegt. Sie hat gesagt, du bist ein Typ, der gar nix bringt und für alles ewig braucht. Mann, sagte das Ohr, das ist eine harte Kritik. Das hab ich doch nicht verdient, sagte Thomas Arnold. Ich bin doch nicht zu schlaff um Würstchen auf nen Grill zu legen. Das ist doch klar, dass die jemand bezahlt hat, um so was zu sagen. Und jetzt haben die mich so weit. Kein Job, gar nix. Klar, dass ich mich auf das Ritual gefreut hab und darauf, alle wiederzusehen. Aber wieder haben sie mich erwischt.

Was ist eigentlich mit deinen Medikamenten, brauchst du die alle. Ich kenn da Typen, die würden mir was abkaufen. Komm, sagte Arnold, das ist Scheiße, du warst doch schon wegen sowas im Knast. Und ich brauch die Medikamente. Ich weiß nicht, wie ich dir das jetzt erklären soll, aber ohne diese Medikamente, da werde ich verrückt. Das Ohr legte auf, rülpste, kratzte sich am Hintern und drehte die LP von Black Sabbath um. Dann drehte er sich eine Zigarette aus billigem Tabak. Gott, dachte er, der Arnold ist ja ganz schön von der Rolle. Sowas kann ich auch nicht jeden Tag ertragen. Der hilft mir auch garantiert nicht an das Geld von der Agentur zu kommen. Dann suchte er ein Feuerzeug.

XV

Ein guter Mann erfüllt seine Pflicht und weiß, was zu tun ist und das nicht etwa, weil er dazu gezwungen wird, sondern weil sein Verständnis der Welt seine Handlungen lenkt. Doch auch unter dieser Prämisse gibt es Momente der Leere, in denen das Pflichtbewusstsein gewissermaßen kein Objekt hat und darum ruht, Momente, in denen nichts zu tun ist. Scheiße, dachte der Falke, irgendwie hab ich gar nichts vor. Das war für ihn ungewöhnlich. Er hatte nicht damit gerechnet, so einen Augenblick zu erleben, und das so früh am Tag. Er war es nicht gewohnt, herumzulungern, zu gammeln oder sich treiben zu lassen. Er schätzte es nicht, dem Zufälligen so viel Raum zu geben. In Berlin ging er seiner Arbeit nach, er traf sich mit Freunden, kümmerte sich um sein Auto und hielt sogar die Kehrwoche ein.

Ich könnte mich jetzt treiben lassen. Vielleich in die Innenstadt. Ein paar Münzen in einen Spielautomaten. Ein Bier vor Mittag. Sehen was passiert. Er lebte alleine in Berlin. Junge, dachte er, als ich da angekommen bin, das war ja nicht leicht. Da musste ja alles ganz schnell gehen. Ich hatte ja schon die Einberufung. Er kaufte sich eine Bahnfahrkarte. Das hat ewig gedauert, damals, da gabs ja noch die Zone und die haben da alles ganz genau genommen. Mit Schäferhunden haben die den Zug untersucht, ob sich drunter jemand versteckt hatte. Ob einer von ihren Leuten die Fliege machen wollte. Das sind Deutsche wie wir, hatte sein Vater mal gesagt. Er sah zum ersten Mal die Posten auf den Wachtürmen hinter ihren Maschinengewehren und er hatte kein gutes Gefühl. Da kann man sich nie drauf verlassen, wie einer so ist und was er denkt.

In Berlin suchte er die Adresse eines Freundes auf. Wedding, Hinterhaus, Strom über ein Verlängerungskabel aus der Nachbarwohnung, weil die Rechnung nicht bezahlt war. Eigentlich war das ja ein Freund von Valentin, aber ich kannte den auch. Der hatte da drei Zimmer. Er war mit seiner Freundin vor einem halben Jahr nach Berlin gezogen, sie waren aber mittlerweile getrennt. Wenn ich da dran denke. Die erste Nacht auf einer versifften Matratze. Das war so ein Kiffer-Typ. Leute gibt's.

Er holte tief Luft. Um einen Friedhof herum ist die Luft ja sauber. Aber dass so ein Scheißkerl wie der Rupp sich jetzt bei Patrizia breitmachte, das ging ihm echt gegen den Strich. Er dachte an die Geschichte, dass der Rupp mal von Valentin richtig verdroschen worden war. Man wusste nicht, was davon stimmte, es war ja sonst keiner dabei. Jedenfalls waren die beiden in Streit geraten und angeblich hatte sich der Rupp darüber lustig gemacht, dass Valentin kein Abitur hatte und dass er irgendwo in einer Fabrik arbeitete. Na ja, dachte der Falke, egal wie das damals war, der hat sicher zu recht aufs Maul gekriegt.

Er kickte eine Glasscherbe über den Gehweg vor der Telefonzelle und schaute sich um. Es war aber nichts und niemand zu sehen, der ihn inspirieren konnte. In Berlin hatte er ein Mädchen kennengelernt. Aber das war nichts, dachte er. Das hat von Anfang an nicht harmoniert. Er beschloss mit der Bahn ins Zentrum zu fahren. Das war so ein Moment, das fühlte er, wo man dem Schicksal, aber auch den Gedanken freien Lauf lassen musste. Auch der beste Mann konnte nicht alles in seinem Leben aus eigener Kraft gestalten. Außerhalb des geregelten Ablaufs, den er kannte und den er praktisch selbst geschaffen hatte, schien die Welt im Wesentlichen frei von Logik und Kausalität. Er zweifelte nicht an den Naturgesetzen und an den Formeln der Physik, aber, aus seiner subjektiven Sicht heraus gesehen, konnte jetzt im Grunde alles passieren. Dinge, Menschen, aber auch Ideen konnten auftauchen, aus einer nebulösen Vorexistenz heraus und genauso gut konnte auch alles wieder verschwinden.

Er sah in Richtung der Straßenbahnhaltestelle. Aus seiner Sicht wäre es Zufall, wen er dort antreffen würde, während es aus der Sicht jedes Einzelnen dort aber eine logische Erklärung gab, warum er gerade jetzt auf die Bahn wartete. Vielleicht, dachte er, ist es aber auch nicht so. Niemand kann wissen, was in den Gehirnen dieser Degenerierten vorgeht, ob sie überhaupt in der Lage waren, richtige Gedanken zu bilden. Das Denken, dachte er, hängt ja sehr mit dem Sprechen zusammen. Man formuliert einen Gedanken in der Sprache, in der man spricht. Man spricht praktisch zu sich selbst. Wer klar denkt, der handelt auch klar. Er setzte einen Fuß vor den anderen auf dem Weg zur Haltestelle. Dort warteten nur zwei ältere Frauen. Es war immer noch kalt. Scheiße, dachte er. Der Rupp, dieser Scheißkerl. Er hoffte Patrizia würde ihn abservieren. Die Bahn ins Zentrum näherte sich. Sie war überraschend voll. Er bekam keinen Sitzplatz und stand neben einem Mädchen mit blauen Haaren. Eine Familie hatte sich auf den Behindertenplätzen breitgemacht und sprach russisch miteinander. Sie kommen aus einem Vorort und fahren zum Einkaufen ins Zentrum. Das blauhaarige Mädchen war höchstens dreizehn. Dann: dicke Frau mit Zwillingskinderwagen, Rentner mit Fahrrad.

Er war froh, als er aussteigen konnte. Er lief in die Fußgängerzone hinein. Fußgängerzone, das ist ja auch so eine Erfindung. Schäbige Kneipe, Kaufhaus, McDonalds, Asia-

Imbiss, ein Laden mit Brettern vernagelt. Dann ein Spielsalon. Eintritt ab Achtzehn. Zehn Euro kann ich riskieren. Das Glücksspiel ist seinem Wesen nach noch am ehesten dem Zufall verwandt. Er sah sich um. Es gab so eine Art Schalter, an dem man Scheine in Münzen wechseln konnte. Heruntergekommene Typen saßen vor den Automaten. Nach ihm betrat ein Kleinwüchsiger den Salon, der allgemein bekannt zu sein schien und begrüßt wurde. Es gab auch einige Video-Spiel-Automaten.

Die Flipper da hinten, funktionieren die. Klar, sagte der fette Typ an der Kasse, aber die sind nicht für jeden was. Es kann natürlich jeder damit spielen, aber es ist so, dass das Spiel selbst nicht für jeden etwas ist. Mach keine Sachen, sagte der Falke, nahm sein Kleingeld und ging zu den Maschinen. Am Ende seiner Schulzeit gingen er und das Ohr manchmal Flippern. Später war das so ein Ding zwischen ihm und Valentin. Valentin hatte einen Lieblingsflipper, mit einem Motiv, das sich auf die Rockoper Tommy bezog. Mein Gott, dachte er, Tommy, das hab ich im Kino gesehen. Echt schräg, aus heutiger Sicht. Echter Drogen-Humor. Und Roger Daltrey, der wirkte ja schon in Wirklichkeit irgendwie behindert. Dem fiel das natürlich leicht, so einen Freak zu spielen.

Er warf die Münze ein und schoss die Kugel ab, ohne zu überlegen. Er ließ dem Zufall Raum in seinem Leben. Das ist so, wie wenn man Gott Gelegenheit gibt, sich einzumischen. Die Kugel schoss wild hin und her und auf dem Weg nach unten fing er sie mit einem der Flipperhebel. Er suchte sich ein Ziel. Mann, ich kanns noch. Ein Target nach dem anderen. Multiball, Freispiel. Der Fettwanst hatte ihn beobachtet und sagte mit aufrichtiger Bewunderung: Du bist ein Genie. Ein

Genie. Ja, ein Genie. Aber nur langsam bildete sich in ihm eine Vorstellung davon, was es überhaupt bedeutete, ein Genie zu sein. Ein Genie, das ist ja nicht zwingend ein Künstler oder sonst jemand, der irgendetwas gut kann. Der kann gut malen, der kann gut Musik machen, das macht noch lange keinen zum Genie. Im Grunde bist es ja nicht du, der das Genie ist. Es ist so, wie wenn jemand neben dir läuft, der du selbst bist, aber wiederum auch nicht. Und dieser Jemand, dieser Avatar oder wie auch immer man das nennen mochte, ist in der Lage die Stimme Gottes zu hören. Sein Geist ist offen. Er ist so, wie ein Radiogerät, dass die unsichtbaren und unhörbaren Radiowellen empfängt und für den gewöhnlichen Menschen hörbar macht.

Er holte noch ein weiteres Freispiel, bevor er den letzten Ball verlor. Man sagt niemals Kugel. Der erste Ball des nächsten Spiels lag bereit. Inzwischen hatte sich ein weiterer Zuschauer dazu gesellt. Ein kleiner Typ mit einer Frisur und einem Schnauzbart wie aus den siebziger Jahren. Oder Achtziger vielleicht gerade noch. Der Falke drehte sich um und schoss den Ball mit dem Rücken zum Gerät ab. Das war seine Spezialität. Damit konnte er Valentin beeindrucken, der auch ein guter Flipperspieler war, aber immer ängstlich und darauf bedacht, den Ball mit exakter Geschwindigkeit ins Spielfeld zu schießen. Meistens waren die Flipper so konstruiert, dass die maximale Beschleunigung des Balls eine ungünstige Bahn zur Folge hatte. So war das damals. Valentin war vielleicht der bessere Spieler, aber es fehlte ihm das Geniale. In einem gewissen Sinn, dachte der Falke, fehlt ihm das noch heute, nach allem, was ich so gehört habe. Aber wenigstens kann er sich jetzt ein Auto leisten.

Er konzentrierte sich wieder auf das Spiel. Zu seiner Überraschung gesellte sich noch eine junge Frau zu seinen beiden Zuschauern. Brünett, etwas kräftig gebaut, undefinierbares Alter, aber eher jung. Etwas abgelenkt verlor er den Ball. Mann, sagte der Typ mit dem Schnauzer, ich wette, du hast das noch auf einer der alten Maschinen gelernt. Wizard von Bally sagte der Falke. Das ist der mit Elton John. An dem bin ich zum Mann geworden, sagte der Fettwanst. Die Frau und der Siebziger-Jahre-Typ nickten anerkennend. Ursprünglich hätte das Gerät Pinball Wizard heißen sollen, aber es gab da einen Rechtsstreit und sie mussten es bei Wizard lassen. Der Typ auf der Scheibe durfte auch nicht aussehen, wie Elton John, jedenfalls nicht ganz genau. Der Falke hielt die linke Hand vor die Augen und schoss den nächsten Ball blind ab. Er verlor ihn beinahe und hatte Mühe, ihn unter Kontrolle zu bringen. Im weiteren Verlauf holte er eine ganze Reihe Freispiele, die er dann seinen Bewunderern schenkte.

Wieder auf der Straße, in der Kälte des Februars dachte er: Das hab ich auch schon lange nicht mehr gemacht. Es war, als hätte er seine Jugend wiedergefunden. Mann, was haben wir für Pläne gehabt. Na ja, dachte er, vielleicht aber auch nicht. Wenn man es sich genau überlegt, haben wir ja nicht wirklich was vorgehabt. Wir haben halt viel gequatscht. Aber irgendwas war da schon. Klar, dass wir es nicht genau so machen wollten, wie unsere Eltern. Der Arnold mit seinem Vater: Oberverwaltungs-Irgendwas. Der hat dann einfach Musik gemacht, in der Fußgängerzone, aber der war ja auch abgesichert. Und das Ohr hat gedealt. Gute Familie, nach außen hin jedenfalls, Drogen, Knast, Sozialhilfe. Zumindest eine nachweisbare Verweigerungshaltung, das muss man so zur Kenntnis nehmen und respektieren. Er sah sich um. Ein älteres türkisches Ehepaar, ein jüngerer Typ mit Fahrradhelm aber ohne Fahrrad und eine Frau, die aussah, wie eine Nutte. Gott, dachte er.

Und Valentin, der hat auch irgendwie die Ausbildung geschmissen. Der wollte mal was werden. Fernmelde-Techniker. Und dann voll mit dem Mofa gegen den Reisebus. Der hat seine Eltern nicht mehr erkannt. Was aber übrigens kein Verlust war, die hatten eh nicht viel drauf. So wie mein Pa. Wies ihm wieder besser ging, hat er gejobbt. Mal auf dem Bau, mal in nem Kühlhaus. Echt, der hat Tiefkühlhähnchen sortiert bei minus Achtunddreißig Grad. Und er hatte irgendwie immer ein merkwürdiges Verhältnis mit Patrizia. Die waren irgendwie wie Geschwister. Aber irgendwie auch nicht. Wie der Ulf das gesagt hat: Valentin ist ein Freund meiner Frau. Wie wenn er nicht kapieren würde, was er damit sagt. Oder auch, wie wenns ihn nicht interessiert.

Und jetzt macht sich der Rupp da breit. Der Scheißkerl. Jemand sollte ihm mal richtig die Fresse polieren. Dass er nicht mehr aufsteht. Einen Plan hat der jedenfalls nie gehabt, außer vielleicht die Leute zu verarschen mit seiner Philosophie. Ich hab ja wenigstens gewusst, was um mich herum passiert. Ich hab die Welt gesehen, wie sie ist und ich war ein guter Schüler. Das mit der Einberufung kam dann aber echt überraschen. Wenn man so jung ist, kümmert man sich nicht um jedes Detail im Leben. Wie ich dann in Berlin war, musste ich halt das Beste draus machen. Er betrachtete die Warenkörbe vor einem Ein-Euro-Laden. Es ist ja nie wirklich leicht. Ihm fiel auf, dass alle aus der Gruppe unverheiratet waren und keine Kinder hatten. Einmal abgesehen von Patrizia. Das ist ja auch so was. Das hat man früher gar nicht so gesehen. Klar, der Arnold war ein Psycho, ein Freak, ständig auf irgendwelchem Zeug, ständig etwas mehr zugedröhnt als die anderen, nur heute nicht mehr lustiger als die anderen. Wie könnte der denn was mit ner Frau anfangen. Wahrscheinlich ist er auch chemisch kastriert, von dem ganzen Zeug, das er nimmt.

In Berlin, am Anfang, da hab ich irgendwie gar nicht so mitgekriegt, wie die drauf sind. Da gabs viele Typen, total verschwuchtelt und abartig. Und Frauen gabs auch. Die kleine Kristin mit ihrem Orientierungssemester. Wie sie dann genug Orientierung hatte, hat sie sich von mir abgesetzt. Die wär auf Dauer aber auch nicht die Richtige gewesen: Zu bürgerlich. Und dann kommt die Routine, dachte er. Und Fünfundvierzig ist dann eben auch nicht mehr Fünfundzwanzig, da sagt man nicht mehr so leicht: Ich mach jetzt was anderes. Gut, dass ich damals den Job an der Uni gekriegt habe. Heute stellen die nur noch Frauen und Behinderte ein. Er stieg in die nächste Straßenbahn, die ihn zurück brachte. Hast Du eingekauft, empfing ihn Jackie. Scheiße, sagte er, ich habs wieder vergessen.

XVI

Thomas Arnold nahm das Telefon ab. Es ist Sieben Uhr, brüllte jemand. Das Ohr. Er war im Halbschlaf gewesen. Es beunruhigte ihn, dass das Telefon geläutet hatte. In der Wohnung war es dunkel. Nur ein schwacher Lichtschein drang durch die Fenster, die mit geschlossenen Rollläden, Jalousien und Vorhängen gesichert waren. Das Licht war diffus, so dass Arnold keine Vorstellung hatte, wie es draußen war. Sieben Uhr, morgens oder abends, fragte er naiv zurück. Das weiß ich doch nicht, brüllte das Ohr und legte auf.

Solche Dinge waren mit der Grund, warum sie jahrelang so gut wie keinen Kontakt hatten. Er schleppte sich in die Küche, lauschte, als er die Wohnungstür passierte, nach draußen. Nachbarn. Das war unvermeidlich. Nach einer ganzen Reihe von Umzügen hatte er beschlossen, hier zu bleiben. Die sollen es nicht noch mal schaffen, mich wo rauszuekeln. Früher war er schnell panisch geworden. Da war die Nachbarin, die ihn beobachtete, wie er den Müll nicht sauber trennte, die Jugendliche, die ihn im Vorbeigehen Müllsack nannte. Immer wieder hatte er sein Zeug gepackt. Da hatte er noch Freunde die beim Umzug halfen und seinen Vater, der immer wieder etwas organisierte und bezahlte. So ist das, wenn man eine herausragende Stellung in der Welt hat.

Er setzte sich an seinen Küchentisch, furzte und versuchte festzustellen, wie spät es wirklich war. Der Tag draußen am See. Zusammen mit dem Ohr, dem Falken, Patrizia und diesem merkwürdigen Rupp. Jetzt zahlte er den Preis. Ich brauche einen Küchenstuhl und einen Schreibtischstuhl für höhere Belastung. Das Wort übergewichtig vermied er in Gedanken. Aber der Küchenstuhl hatte vernehmlich geknackt, als er sich darauf setzte. Der machts nicht mehr lang. Mich kriegen die hier nicht raus. Aber das Gefühl, verfolgt zu werden, war nicht wirklich stark, an diesem Morgen oder vielleicht Abend. So ein Typ wie das Ohr ist bestimmt nicht um Sieben morgens wach. Haha um Sieben ist die Welt noch in Ordnung. Eher Sieben Abends. Er fing an sich zu orientieren. Vor ihm lag ein Stapel mit Tablettenschachteln. Vor Jahren hatten sie sich näher gestanden. Im Grunde waren das Ohr und er Brüder im Geist. Aus guten Familien stammend, war die Aufmerksamkeit der Welt von Anfang an auf sie gerichtet. Das ist schon was, wenn der Vater so eine Position hat beim Amt. Der Vater vom Ohr war Entwicklungsingenieur. Da schauen die ja auch genau hin, was der so macht.

Der Falke und Valentin hatten das nie verstanden. Da waren die Eltern Schichtarbeiter oder Verkäuferin bei Karstadt. Echt, die Mutter von Valentin hat Schreibwaren verkauft, im Kaufhaus. Die können das nicht nachvollziehen. Da schaut kein Dienst hin, keine Organisation. Wenn man aber so eine gesellschaftliche Position hat, dann hat man zumindest die Möglichkeit, das Spiel zu durchschauen und wenn die das merken, dann geht's los. Er überlegte, sich eine Pizza zu bestellen, da er sehr stark vermutete, dass es eher Sieben Uhr abends war. Aber gerade, wie er zum Hörer greifen wollte, klingelte das Telefon zum zweiten Mal. Es war wieder das Ohr. Er redete etwas von der Agentur und dass er noch Geld bekommen würde und der Falke das einsacken wolle. Der nahm das wirklich ernst. Dabei waren die Kameras für ihn. Aber auf dem, was in den Nachrichten gesendet wurde, waren sie natürlich nicht drauf. Die taten so, als wäre es um

Patrizia gegangen und diesen Politik-Typen. Ablenkungsmanöver. Er kannte sich da aus. Das Ohr aber verstand das nicht. Er glaubte wirklich, er würde Geld von einer Agentur bekommen, weil er Schauspieler gewesen wäre. Das kommt, dachte Arnold, weil solche Typen nur an sich denken. Sie sehen nicht das Große Ganze und können nicht akzeptieren, dass es ein einziges Mal nicht um sie selbst geht.

Es war Jahre her, dass er zuletzt in der Bude vom Ohr gewesen war. Eine Zeitkapsel. Er versucht, den Geist der Siebziger Jahre zu bewahren. Die Wohnung roch nach Haschisch, Schimmel und Katzenpisse, obwohl das Ohr gar keine Katze hatte. Ist bestimmt noch vom Vorbesitzer und geht nicht mehr raus. Bei Patrizia war er auch einmal gewesen, kurz, nachdem sie sich mit Ulf zusammen ein Haus gekauft hatte. Sie war mit ihrem ersten Sohn schwanger. Der Ulf, dachte er, was für ein Typ, das ist so eine Art Autoschrauber. Autoschrauber konnte er prinzipiell nicht leiden. Ruppig und grob, redeten sie von ihren Schlitten und was der oder der schon mal gehabt hat. Kannste dir vorstellen, der hat schon mal nen Eldorado gehabt, das Cabrio, ach was und Öl und Dichtungen und sonstwas und ich brauch jetzt aber das Ersatzteil, ich hab den schon auf der Hebebühne. Als Schüler hatte er Patrizia geliebt, aber sie hatte ihn wenig beachtet, wahrscheinlich, weil er so klein war, und weil sie mit seinem guten Benehmen nichts anfangen konnte. Der Vater Schichtarbeiter, die Mutter bei der Post. Und dann erst der Bruder. Ein riesiger Kerl, wie ein Normanne aus einem Mittelalter-Film. Der hatte ein Auge auf seine Schwester. Überhaupt hatte die ganze Familie etwas mittelalterliches.

Er wählte die Nummer des Pizza-Dienstes. Es dauerte eine Weile, dann war ein Mario dran. Den kannte er vom Telefonieren, weil er oft bestellte. Eine Pizza Siziliana Familiengröße, einen großen Italienischen Salat und einen Sixpack Malzbier, eisgekühlt. Damit war auch endlich geklärt, dass es Abend war. Um Sieben Uhr morgens wär da keiner rangegangen. Gott, dachte er, der Bruder von Patrizia. Da gab es ja diese Geschichte, wie sie alle an diesem heißen Hochsommertag zu Patrizia gefahren waren um den ersten Videofilm ihres Lebens zu sehen. Da hatte er noch ein Auto. Erst holte er das Ohr ab, dann den Falken, denn die hatten nur Fahrräder. Damals, dachte er, sagte man noch nicht: Der Falke. Das kam irgendwie erst später und war auch dann nur in der dritten Person. Jonny sagte man oder Jonny-Boy wie das Ohr. Patrizia sagte einfach Jonathan, manchmal auch Joe. Wie sie da ankamen, lehnte schon das Moped von Valentin an der Wand. Der Bruder von Patrizia – wie hieß der noch gleich – machte irgendwas an seinem Motorrad. Die Garage war offen. Er sah sie misstrauisch aber selbstsicher an, wie sie aus dem Auto stiegen. Wie so ein Hinterwäldler, der gleich sagt: Ihr seid hier auf meinem Privatbesitz, da habe ich das Recht euch zu erschießen.

Arnold las den Bestellzettel der Pizzeria, obwohl er ihn praktisch auswendig kannte. Das Angebot war seit mehr als einem halben Jahr gültig. Da änderte sich fast nie etwas. Das war beruhigend. Weniger beruhigend war, wie die Sache mit dem Ritual gelaufen war. Ein abgekartetes Spiel. Mann, was war ich da naiv. Aber da, wie die Frau an mir vorbeigelaufen ist und das gesagt hat, so ein widerwärtiger, fetter, ekliger Typ, der ständig onaniert und dabei an seine Mutter denkt, da hab ich das durchschaut. Das Timing war perfekt, sowas passiert nicht durch Zufall und keine Frau sagt so was, wenn sie nicht dafür bezahlt wird. Natürlich, bekam man die Hintermänner nie zu fassen. Sonst wär ich da ins Wasser. Und dann wie ein Fisch. Und zack, den Pokal fürs ganze nächste Jahr. Ich hab ja immer noch was drauf.

Die Pizza ließ auf sich warten. Oder waren das erst fünf Minuten. Er nahm eine Handvoll Tabletten. Eine Kombination aus Angstlösern, geistigen Spurhalte-Assistenten, Wohlfühlern, Dämpfern, Nebenwirkungs-Dämpfern, Kreislauf-Stützern und Wachmachern. Ohne geht's halt nicht, dachte er. Früher wars nicht so. Aber ich habs ja auch nicht leicht gehabt. Der Vater richtig was beim Amt. Die Mutter hat dauernd geheult, was weiß ich, wegen was. Später starb sie an Krebs. Da war er Fünfzehn. Der tiefste Einschnitt in seinem Leben. Da begann er sich an der Gruppe um den Falken zu orientieren. Und Patrizia. Aber seine erste Freundin war dann doch aus gutem Haus. Aber das war nix. Die fing bald an, ihn zu schikanieren und herumzukommandieren. Das konnte ich da grad gar nicht gebrauchen. Der Falke war irgendwie unabhängig. Valentin auch. Der ist ja früh von zu hause ausgezogen und hat gejobbt. Aber er war auch ein wenig unheimlich. Vor allem nach dem Unfall. Voll mit der Birne gegen den Reisebus.

Dann veränderte sich seine Wahrnehmung. Er sah vor sich auf den Tisch. Das hier ist ein Tisch. Und das – er hob die Hand vor die Augen – ist meine Hand. Ich kann meine Hand sehen. Ich brauche eine Gabel. Er öffnete seine Besteckschublade: Jede Gabel hat einen Anfang und ein Ende. Und jede Gabel hat die gleiche Funktion. Ich brauche auch ein Messer. Plötzlich erschreckte ihn seine neue Art zu denken, aber dann setzte ein warmes und weiches Wohlgefühl ein. Er war, wie in Watte gepackt. Die Wirkung der verschiedenen Medikamente setzte normalerweise nie gleichzeitig ein. Aber jetzt hatte er die volle Dröhnung. Dann klingelte der Pizza-Bote. Mann, hab ich Hunger. Das Geld war abgezählt. Der Fahrer war Yusuf. Auch den kannte er. Aber irgendwie traute er ihm nicht. Der war nicht so freundlich, wie Mario vom Telefon. Und überhaupt, warum arbeitete ein Typ, der Yusuf hieß in einer italienischen Pizzeria. Er hatte sich vorgestellt, dass dort alle Angestellten miteinander verwandt wären, dass es eine Familie wäre und dass es irgendwo so etwas wie ein Familienoberhaupt geben würde, einen Paten oder so was. Da ist es dann schwer zu verstehen, wo so ein Yusuf herkommt. Er bezahlte und war froh, wie der wieder weg war. Der kommt aus so einem Land, wo die es alle zu nichts bringen, außer, wenn sie klauen oder die Leute bescheißen. Dann kommt er hierher und sieht, was die Einheimischen sich leisten können. Na ja, vielleicht nicht alle. Aber er sieht, was es alles gibt, Wohlstand, Kultur und so weiter. So etwas, was mein Vater beruflich gemacht hat, das kann so einer nie begreifen. Da steht er dann, klein, mager und liefert Pizza aus. Klar, dass der offen ist für alles. Im Grunde hält er sich ja für was Besseres, weil er Moslem ist. Trotzdem muss er Pizza ausfahren.

Er öffnete den riesigen Pizza-Karton. Auf der einen Seite dunkler, als auf der anderen. Aber das ist keine Schlamperei, das sind Italiener. So eine Ungenauigkeit, das ist bei denen Lebensart. Und das zu verstehen, das ist Kultur. Er war einer der wenigen, letzten Vertreter, von dem, was man einmal Kulturnation nannte. Sein Vater, der unter widrigsten Umständen studiert hatte, nach dem Krieg, Fleiß, Disziplin, klassische Musik, Theater, um alles, das Bewusstsein, Träger der Menschheitskultur zu sein und eine nicht unerhebliche

Menge Geld ihm zu hinterlassen . Er nahm einen ersten Bissen Pizza, öffnete ein Malzbier. In ihm lebte das alles fort, das alles, das mit dem einen Wort: Elite zu bezeichnen war. Heute darf man das ja nicht mehr sagen. Das E-Wort. Das ist schlimmer, als wenn du ein Neger bist. Die nehmen dich aufs Korn und jagen dich, bis sie dich haben. Am See, mit den Kameras, das war ein Meisterwerk. Aber es war eben zu perfekt, von daher leicht zu durchschauen. Er öffnete die Packung mit dem Italienischen Salat. Widerwärtiger, fetter, ekliger Typ. Da hat man richtig gemerkt: Das war einstudiert. Klar, die lauerten auf ihn. Aber er war sicher. Sicher hier drin, so lange er nicht raus musste. Das war aber heute nicht mehr der Fall. Später würde er fern sehen. Wahrscheinlich die ganze Nacht. Da können die nix dagegen machen. Er würde es ihnen schon zeigen. Zumindest heute.

XVII

Der Rupp wusste, dass es vorbei war. Er hatte ganz gut geschlafen, aber schon ein paar Minuten, nachdem er aufgewacht war, fühle er das Ungeheuer kommen. Es war ruhig in der Wohnung. Er wusste nicht, ob Andreas noch da war. Normalerweise stand der zeitig auf, frühstückte und ging dann in seine Vorlesungen. Chemie an der FH. Das ist ja auch so was. Da ist man den ganzen Tag beschäftigt. Die anderen beiden Mitbewohner waren ja schon ausgezogen. Nur noch ein paar Tage, dann war hier Schicht im Schacht.

Er betrachtete den schmutzigen grauen Teppichboden, den er vor Jahren hier verlegt hatte. Verlegt war ein wenig zu viel gesagt. Er hatte seine wenigen Sachen in den Wohnungsflur gestellt und dann den Boden ausgerollt. Der war damals schon gebraucht. Er schloss nicht überall bündig ab, bedeckte aber den Großteil des Bodens. Sein Zimmer ging nach vorne raus. Die Straße mit Häusern aus der Gründerzeit. Bäume, Kopfsteinpflaster. Im Sommer dunkel, aber kühl. Damals WG Territorium, heute edel. Gestiegene Immobilienpreise. So richtig hatten sie nie zur WG Szene gehört. Die war ja damals schon in Auflösung. Valentin hatte das eher mitbekommen. Politische Plakate an der Wand, Küche versifft, Gemeinschaftsgefühl.

Das Ungeheuer belauerte ihn, er konnte es fühlen. Wohin waren die Leute verschwunden. Seine erste Bande mit Valentin und dann seine richtige Tschaika, die, wofür er berühmt und gefürchtet war. Na ja, dachte er, wirklich berühmt war ich ja nicht. Aber wir habens denen gezeigt. Nietzsche und Saufen, Provokation. In einem edlen Café die Hosen runterlassen. Das war was. Typen wie Valentin haben vielleicht mal Flugblätter verteilt. Diktatur des Proletariats. Voll der Witz, was hätten die denn diktieren sollen und wem.

Er las: In Stahlgewittern. Oder zumindest holte er sich das Buch aus der Leihbücherei. Dann hatte er es mit Verspätung abgegeben. Er hatte jetzt eine Packung Beruhigungsmittel. Die hatte er von seinem Arzt. Es ist dringend, hatte er gesagt und nein, ich habe keinen Termin und dann saß er, vor Angst schlotternd, gefühlt Stunden im Wartezimmer. Aber der Arzt verstand ihn nicht. Wieso können sie nicht über die Straße gehen. Der Getränkemarkt unerreichbar. Ich gebe ihnen mal was Beruhigendes. Aber nicht alle auf einmal nehmen. Und dann Termin im Institut für Seelische Gesundheit. ISG: die Klapsmühle der Stadt. Wenn ich Bundeskanzler bin, hatte er mal im Spaß gesagt, dann gehe ich da rein und schau mir die Verrückten an. Der junge Psychologe schaute ihn kritisch an: Fünfzig Semester Philosophie, gibt's da denn keine Regelstudienzeit. Vor fünfundzwanzig Jahren, da bin ich gerade in die Schule gekommen. Abi mit Achtzehn. Studium nach zwölf Semestern durch, dann Prüfung. Jetzt sammle ich Erfahrungen.

Angst, sagte er, und sah den Rupp dabei prüfend an, ist ein elementares Gefühl. Das habe ich gemerkt, sagte der Rupp, dass das elementar ist, ich kann das aber nicht brauchen, ich hab ja echt noch was vor. Da muss man was machen und zwar schnell. Ich lebe doch für die Philosophie. Und jetzt fliege ich aus der WG. Das war mein Zuhause. Die Welt braucht mich. Immer langsam, sagte der Psychologe, immer langsam. Das ist ja ein ganz schönes Durcheinander. Fangen wir mal mit der Ist-Situation an. Machen wir mal Bestandsaufnahme. Der Rupp erhob sich von seiner Matratze. Sein Eigentum, seine Bücher. Das billige

Regalsystem. Er hatte nie viel gelesen. Manches war aus dem Ramsch oder irgendwie von anderen. Stefan George. Ein Genie. Führer der Jugend und Künder des Reichs. Gotische Lettern. Der Herr, der Eisen wachsen ließ, der wollte keine Knechte. Aber das erhebende Gefühl, das er jedes Mal verspürte, wenn er den dünnen Band in die Hand nahm, blieb aus. Er war auf der philosophischen Ebene kastriert. Angst, sagte der Psychologe, ist nicht immer pathologisch, sie kann reale Ursachen haben oder auf einem falschen Selbstbild beruhen. Natürlich hat sie reale Ursachen, sagte der Rupp, ich fliege aus der WG raus und hab keine Kohle. Wo soll ich denn hin. Gut, sagte der Psychologe, da kommt jetzt was auf sie zu, das ist schon unangenehm und in einem gewissen Sinn sind Ängste da berechtigt.

Er legte den George-Band enttäuscht weg. Alle seine Helden, Nietzsche, Schopenhauer, Jünger, George, sie waren jetzt Gespenster. Geister, die ihn verspotteten. Sie lebten in einer Art Walhall, von der Verehrung und dem Respekt, der ihnen entgegengebracht wurde. Er aber würde zur Hölle fahren. Die Bestandsaufnahme erbrachte, dass man bei ihm von einem Studium oder in weiterem Sinne von einem Leben, das der Philosophie gewidmet war, nicht reden konnte. Ich würde eher sagen, sagte der Psychologe, alkoholabhängiger Gelegenheitsarbeiter trifft es besser. Was machen sie da in der Brauerei. Flaschenreinigung, interessant. Sozial isoliert. Kein Wunder. Jeder will sich selbst im besten Licht sehen, das ist schon klar. Eigenwahrnehmung und Fremdwahrnehmung. Dann gibt es halt noch das, was man Lebenslüge nennt. Die Maske vorm Gesicht. Damit muss jetzt Schluss sein. Die Landser-Hefte wegwerfen. Na wenigstens sind sie krankenversichert. Ja, sagte der Rupp, da hab ich immer drauf geachtet, dass ich krankenversichert bin.

Er öffnete vorsichtig die Tür seines Zimmers. Andreas war schon weg. Jetzt konnte er aufs Klo gehen. Dann ging er in die Küche. Die ehemalige WG Küche. Hier saßen sie manchmal und redeten. Auf dem Tisch stand ein Karton. Davor ein Zettel. Damit du beim Umzug nicht so viel Arbeit hast. Andreas hatte schon mal seine Küchenutensilien zusammengeräumt. Seinen Kaffeefilter, seine Tassen, seine Schneidebretter, ein paar Löffel und Gabeln, eine Schaumkelle und ein Pfannenwender. Teller hatte er keine gehabt. Er konnte die der anderen benutzen. Andreas meinte es ernst. Rupp raus und dann renovieren.

Hier spricht der Eigentümer. Er wurde das Ungeheuer nicht los. Zitternd machte er sich einen Kaffee. In der WG gab es eine Kasse aus der die gemeinschaftlichen Lebensmittel gekauft wurden. Alkohol und Zigaretten zahlte jeder selbst. Seine Kindheit in dem Arbeiterstadtteil. Seine Mutter, die sich verpisste. Sein Vater, der nie darüber sprach und auf Schicht ging. Sein Zimmer mit den alten Möbeln, die sie irgendwie geschenkt bekamen. Die Landser-Hefte. Und dann, wie er mit Valentin zusammen den Plan fasste, Geld zu fälschen. Einen Plan, den sie dann aufgaben, weil es viel zu kompliziert war. Einbrüche in Kleingärten. Einmal ließen sie bei einem Züchter von Wellensittichen alle Vögel frei. Die Eltern von Valentin mochten ihn nicht und wollten ihm den Kontakt untersagen. Dieser Junge ist zu merkwürdig. Dabei waren sie selber merkwürdig. Sein Aquarium. Dann die zweite Bande. Ein Bier nach dem anderen. Seine Gedanken rasten, fanden nirgends eine festen Halt. Halt, schrie er, das ist zu viel. Ich muss meine Ehre wiederherstellen. Meine Ehre als Mann und als Philosoph.

Er schluckte zehn von den Beruhigungstabletten und wartete. Das Ungeheuer öffnete die Klauen und lies ihn los, aber es blieb in der Nähe. In der Gemeinschaftskasse waren noch fast hundert Euro. Das reicht. Er rief ein Taxi. Wo solls denn hingehen. Tennisverein in der Au. Wissen sie, wo das ist. So ungefähr, sagte der Taxifahrer und beäugte den Rupp misstrauisch. Das ist Richtung Birkenhof, da, wos zu der alten Eisenbahnbrücke geht. Da, wo der Polizeisportverein ist. Das ist nicht gerade in der Nähe. Damit wollte er wohl andeuten, dass das auch entsprechend etwas kosten würde. Ich hab hundert Euro, sagte der Rupp, das reicht wohl. Klar, sagte der Taxifahrer, das kostet höchstens fünfunddreißig. Während der Fahrt fiel es dem Rupp schwer aufmerksam zu bleiben. Das Sedativum wirkte. Das Ungeheuer war irgendwo.

Wo soll ich halten. So nah zur Brücke, wies geht. Da gibt's einen Parkplatz für die Schleusenwärter, Betriebsweg, aber für Taxen frei. Wir sind ja so was wie öffentliche Verkehrsmittel. Klar, sagte der Rupp, das ist gut. Er stieg aus, nahm seinen Rucksack und ging auf einen Weg, der ihn unter die Eisenbahnbrücke führte. Hier war er immer gerne spazieren gegangen. Der Weg führte auf eine Halbinsel zwischen zwei Kanälen. Man konnte von hier die Stadt sehen, aus einer gewissen Distanz heraus. Und das, dachte der Rupp, ist ja das, worauf es ankommt. Es kommt nicht darauf an, ob man seinen Sokrates oder seinen Aristoteles gelesen hat. Es ist die Distanz, die den Menschen zum Philosophen macht. Die Luft war gut und er atmete tief ein. Er ging den Weg bis zur Spitze der Halbinsel, dort, wo die beiden Kanäle zusammentrafen. Ein einsamer Kajak-Fahrer war unterwegs. Dann ging er den Weg wieder zurück bis zur Brücke und hängte sich auf.

XVIII

Patrizia kam von der Arbeit, vielleicht irgendwann in der Zeit zwischen Eins und Zwei. Sie konnte nicht auf ihr Grundstück fahren, weil in der Garage irgendein Schrottauto stand und davor ein tiefergelegter Golf. Zwei Typen in Arbeitskleidung lungerten herum, einen davon kannte sie. Gottverflucht, sagte sie. Sie fand einen Parkplatz auf der anderen Seite der Straße, etwas weiter weg, Siedlungsgebiet. Aber die Ratten waren in ihren Löchern, der Tag war kalt. Kälter als der Tag am See. Sie stieg aus, einigermaßen gekleidet wie eine Sekretärin, dünne schwarze Stoffhose, weiße Bluse, Trenchcoat überm Arm. Elegante aber bequeme Schuhe.

Die Haustüre stand auf. Was ist hier los, fuhr sie einen der Typen an, hat das irgendjemand erlaubt. Ulf, sagte der, und das ist auch sein Auto. Sie spähte in die Garage. Ein älteres Auto, Zweifarblackierung, Motorhaube offen. Und auf der Auffahrt wird nicht geparkt. Ich muss mein Auto ja auch noch irgendwo hinstellen. Im Haus war es kalt. Klar, wenn die Idioten die Tür auflassen. Wo war Ulf. Vielleicht hatte er die Schicht getauscht. Und sein schrottreifer Fuhrpark, der war ihm wirklich wichtig. Und seine Freunde in ihren verölten Overalls. Ein weiteres Exemplar davon fand sie in der Küche am Kühlschrank. Hier ist keine Selbstbedienung. Aber Ulf. Hör mal zu, weißt du, wer ich bin. Ich bin Patrizia Grossmann und ich gebe dir ein Bier. Eins. Und dann gehst du raus zu den anderen. Ja Frau Grossmann, sagte der Typ eingeschüchtert. Als er draußen war, setzte sie sich an den Küchentisch.

Für eine unbestimmte Zeit dachte sie nichts. Jedenfalls nichts, was in Worte zu fassen gewesen wäre. Unkonkret streiften ihre Gedanken hierhin und dorthin. Dann nahm sie ihre Umgebung wieder wahr. Das schmutzige Geschirr, das Gekrakel von Wachsmalkreiden auf der Wand, die Spülmaschine, die gerade nicht funktionierte, die Fußspuren des Mechaniker-Idioten, der gerade noch hier war. Direkt von der Garage ins Haus. Waldsee, dachte sie, das wäre schön gewesen. Sie ging an den Kühlschrank und nahm einen Schluck Müller-Thurgau. Gott, dachte sie, was für eine Welt. Manchmal könnte ich auch so was wie Privatsphäre brauchen. Oder eine neue Spülmaschine. Oder einen Mann, der sich nicht nur für Schrottautos interessiert. Oder einen, der für den gewöhnlichen Geschlechtsverkehr länger als zwölf Minuten braucht. Oder vielleicht besser doch nicht.

Dann: Der Tag am See. Das Ritual. Früher war das was gewesen. Das hat sich keiner getraut. Ende Februar. Immerhin. Und jetzt. Ganz schlecht war es ja nicht. Wenigstens mal was anderes. Aber noch mal muss man es auch nicht machen, wo sich die Leute so verändert haben. Damals dagegen: Das war so eine Zeit, wo jeder was erreichen wollte. Da hat man schon das Gefühl gehabt, man könnte nach den Sternen greifen. Sie hatte ein Gedicht geschrieben, damals. Irgendwas mit Sternenstaub. Aber wirklich geklappt hat es kaum bei jemand. Wenigsten hab ich ein Haus. Und Kinder. Andere hatten es nicht so gut. Gut ist jetzt auch wieder übertrieben. Aber der Rupp zum Beispiel. Große Klappe von wegen Philosophie, aber dann vom Leben an den Eiern gepackt. Das war so ein kleiner Kerl. Ein hässlicher Junge. Der Körper schwach und ausgebleicht. Wenn der ne Erektion kriegt, also wenn überhaupt, dann ist das wahrscheinlich auch nur so halb. Halb oder zu einem

Viertel, wie alles, was er machte, Studium, Job, seine Revolution: am Arsch. Heute war der Tag, da er ausziehen musste. Halb überrascht, dass sie das überhaupt wusste und darauf geachtet hatte, griff sie zum Telefon.

Kann ich den Rupp sprechen. Nein, kannste nicht, sagte Andreas, der ist tot, wer bist du überhaupt. Blond, vor vierzehn Tagen den Rupp nach hause gebracht. Und das Blond ist gefärbt. Ah ja. Wie. Er hat sich aufgehängt. Weiß ich doch nicht warum. Vorher hat er mich noch beklaut. Ich hab da gleich Anzeige erstattet und da haben sie mir gesagt, sie haben so einen. Also als Leiche. Suizid. An dieser Stelle erfuhr man dann auch den Vornamen vom Rupp. Er hieß Bartholomäus, ungewöhnlich für einen Jungen aus der Arbeiterklasse. Hundert Euro. Andreas schrie fast. Er hat mir hundert Euro geklaut. Aus der Haushaltskasse. Aber der Haushalt, das war ja nur noch ich, die anderen beiden waren ja schon draußen. Fünfunddreißig sind weg. Hat er wohl das Taxi bezahlt zu der Brücke. Und die anderen Fünfundsechzig sind noch da. Aber was der Witz ist: Die kriege ich nicht, weil ich nicht beweisen kann, dass das mein Geld ist.

Halt die Luft an, sagte Patrizia, das ist jetzt echt nicht, was ich wissen will. Ach, sagte Andreas und seine Überraschung war echt. Für ihn war es selbstverständlich, dass die Tatsache, dass er bestohlen worden war, der bedeutendste Aspekt dieser Geschichte war. Und was willst du dann wissen. Was ist mit ihm geschehen, wird der noch beerdigt oder so. Liegt der irgendwo. Wo denkst du hin, sagte Andreas, der hat keine Angehörigen, kein Geld, Vater tot. So einer wird eingeäschert. Anonym begraben dann. Weiß nicht mal, ob der ne Urne kriegt. Die müsste ja auch irgendjemand bezahlen. Das ist ja nur noch Asche. Vielleicht streuen sie ja im Winter die Wege damit. Und das Zimmer mit seinen Sachen. Das darf ich nicht anrühren. Da kommt noch einer vom Gericht und schaut, ob da was von Wert dabei ist. Dabei wollte ich doch renovieren.

Patrizia legte auf. Sie lehnte sich zurück und sah aus dem Fenster. Ein grauer Tag. Auf der anderen Seite der Straße war die Siedlung. Waldsee, dachte sie, das wär was gewesen. Alleine schon, wenn man den Namen sagt, hat man ein Bild im Kopf. Sie zog ihre Schuhe aus und legte die Füße hoch. Wie das wohl ist, wenn sich so einer aufhängt. Was denkt der dann. Und überhaupt. Ist der gleich tot oder zappelt der noch. Scheißt der sich dann ein. Der Mechanikertyp, den sie nicht kannte, kam rein. Ohne zu klopfen. Na ja, warum sollte der auch. Ist ja auch mehr so wie ein offenes Haus hier. Er fragte, wo das Klo ist und ob sie nicht Kaffee machen könnte. Bad ist den Gang runter links. Bitte sauber hinterlassen. Ja, sauber. Und ja, ich mache Kaffee. Ich bring den euch raus in die Garage. Eigentlich hätte sie dem das ja nicht zugetraut, diesem Halbling. Aber was sollte er auch machen. Als Übermensch kann er sich ja schlecht beim Sozialamt melden.

In der Kaffeemaschine war noch der gebrauchte Filter von morgens. Sie warf ihn auf den überquellenden Mülleimer. Als der Kaffee fertig war, füllte sie ihn in eine Thermoskanne, nahm drei halbwegs saubere Becher, einen Zuckerstreuer, einen Pack Kondensmilch, alles in einen Plastik-Kasten und ging in die Garage. Vielen Dank, Frau Grossmann. Was ist das. Ford Taunus. Fünfziger Jahre. Zweifarblackierung, Weißwandreifen, Raketenrücklichter, Heckflosse. Hat er praktisch geschenkt bekommen, weil der Motor nicht läuft. Was heißt praktisch geschenkt. Fünf hat er bezahlt. Hundert. Nein, Tausend. Mordlust stieg in ihr hoch. Gut, sagte sie, fünftausend, und er hat Heckflossen, Raketenrücklichter und einen Motor, der nicht läuft. Gut. Sie stellte den Kasten mit dem Kaffee auf eine Art Werkbank.

Als sie die Garage verlies, kamen ihre Jungs nach hause. Von der Schule oder vielleicht auch von wo anders her. Was gibt's zu essen, schrie der Ältere. Sie ließ beide herankommen und sagte dann: Was ich euch jetzt sage ist wichtig. Es ist mir persönlich wichtig. Also erst mal. Ich habe nichts gekocht und ich werde auch nichts kochen. Und hier. Sie hatte ihre Geldbörse geöffnet. Hier sind zehn Euro für jeden von euch. Esst einen Döner oder sonst was. Und jetzt geht und kommt nicht vor sechs zurück. Wenn ich einen von euch vor sechs hier sehe ist er tot. Können wir noch pinkeln gehen, fragte der Jüngere. Ja und dann ab durch die Mitte. Sie ging ins Haus, schloss die Tür hinter sich, fast vorsichtig, ging in die Küche und lehnte sich an die defekte Spülmaschine.

Irgendwie sollte es so etwas wie eine Ehrenbekundung geben für den kleinen Kerl. Ein Gedenken, einen Apell oder wenigstens eine Schweigeminute. So weit sie es beurteilen konnte, war er an seinem Unglück selber schuld. Auch war er ein Angeber und Hochstapler. Ein Wichtigtuer. Aber er hatte ja auch nichts anderes. Die Philosophie, oder zumindest sein Traum davon, hielt ihn am Leben. Aber zum Schluss half ihm auch das nicht mehr. Da hatte ihn die Welt am Kanthaken. Es wäre albern gewesen, an der Stelle, an der er sich aufgehängt hatte, Blumen niederzulegen. Das hätte keinem was genutzt. Vielleicht aber eine Gedenkminute. Vermutlich hatte es keinen Sinn Thomas Arnold anzurufen oder das Ohr. Was hätten die auch schon machen können. Das Ohr war vielleicht noch irgendwo zugänglich, aber der Arnold, fett und ständig zugedröhnt von seinen Medikamenten. In der

Schule hatte er ihr gefallen. Der hatte so was von Bildung und gutem Benehmen vermittelt. Der Vater ein hohes Tier in der Verwaltung.

Wie sie mal bei denen war. Das Haus beinahe ne Villa. Teppiche, antike Möbel, es roch nach Bildung und Geld und nach Mottenkugeln. Da erinnere ich mich ewig dran, wie das gerochen hat. Das sind Mottenkugeln hatte Arnold gesagt. Der Vater hatte sie durchdringend angesehen. Es war, als könnte sie seine Gedanken lesen: Ein Mädchen aus einfachen Verhältnissen. Da ist ihr das das erste Mal richtig bewusst geworden, der Klassenunterschied. Der Arnold, der hätte ihr erster Freund werden können, wenn er etwas mehr Engagement gezeigt hätte. Das war aber nicht sein Ding. Er bemühte sich immer lieb und nett zu sein, aber er war auf eine merkwürdige Art asexuell. Da hat noch viel gefehlt, zu einem Mann. Und er hat sie irgendwie merken lassen, dass sie nicht dazu gehört. Wenn auch wahrscheinlich nicht beabsichtigt. Na ja, dachte sie, jetzt ist das ja auch wirklich egal, wenn man bedenkt, was für ein Wrack der ist.

Sie sah aus dem Fenster. Draußen war der Tag weiterhin grau. Ulf war irgendwo. Vielleicht auf Schicht oder irgendwo in einer Werkstatt oder Garage mit seinen Mechanikerfreunden, von denen es unbegrenzt viele zu geben schien. Dabei war ihr Verhältnis nicht immer so gewesen. Er hatte ihr gefallen, als sie ihn kennenlernte. Ein Mann der nicht so viel redete. Ihre Mutter hatte gesagt: Der kann ein Haus finanzieren. Aber für Waldsee hatte es dann doch nicht gereicht. Und wird es auch nie, dachte sie wütend, wenn er weiterhin sein Geld, also unser Geld für Schrott ausgibt. Raketenrücklichter, Heckflosse und Motor läuft nicht. Sie rief den Falken an. Jonnyboy, ich bins, Patrizia.

XIX

Als das Telefon in seinem Büro läutete, war der Falke mit seiner Arbeit für den Tag schon durch. Er langweilte sich und sah aus dem Fenster auf den kleinen Hof mit den Mülltonnen. Dort lag noch ein wenig Schnee. Patrizia, sagte er, ich habe die ganze Zeit an dich gedacht. Das stimmte, aber auf eine gewisse Weise stimmte es auch wieder nicht. Es war ihm nicht entgangen, dass sie sich näher gekommen waren. Er war sich aber nicht darüber im klaren, was er davon halten sollte. Eigentlich war sie nicht sein Typ, schlampig, wie sie war. Hakennase, Sommersprossen, ihre Rotzigkeit. Und dann: dass sie nicht reagiert, wenn man sie anfasst. Das war fast schon beleidigend. Welcher Mann will das schon. Außer Valentin vielleicht. Der hat ja alles mitgemacht. Aber was ist dabei rausgekommen. Der hat ihr sogar die Einkaufstaschen hinterhergetragen, als sie schwanger war. Hat er mal selbst erzählt.

Das war schon was Besonderes, mit dir. Wir beide, sagte er, wir sind was Besonderes. Das war dann so eine Atmosphäre. Das war wie früher. Sein Blick schweifte durch das große, aber dunkle und muffige Büro. Sekretariat des Fachbereichs für Elektrochemie. Hier arbeitete er schon lange ohne Veränderung. Aufstiegschancen gleich Null. Befördert wurden nur noch Frauen und Behinderte. Wir haben das bewahrt. Das sind nicht nur Träume. Wir verstehen die Welt. Und wir handeln. Das sind viele Gemeinsamkeiten. Und als sie nichts sagte: Wir könnten das fortsetzen, du könntest ja mal nach Berlin kommen. Ich hab genug Platz. Danke für das Angebot, sagte sie sanft, ich weiß das zu schätzen. Aber ich habe hier meine Pflichten. Das ist nicht so, dass ich da einfach weglaufen kann. Und das war jetzt auch nicht der Grund, weswegen ich angerufen habe. Aber trotzdem Danke. Der Rupp ist tot. Oh, sagte der Falke. Sie hatte sehr liebevoll gesprochen, aber ihm dabei klargemacht, dass es eigentlich nicht um ihn ging. Und was soll ich da machen fragte er, ich kenn den doch gar nicht.

Der war vor ein paar Tagen bei mir. Hatte wohl ne Panikattacke. Der Andreas, also sein Vermieter, der hat ihm das WG-Zimmer gekündigt. Der hat nicht gewusst wohin. Dem gings richtig schlecht. Der war auch noch im ISG bei nem Psychologen, aber das hat nix gebracht. Da hat er sich dann aufgehängt. Schon vor ein paar Tagen. Ich habs aber heute erst erfahren. Na ja, sagte er, ich weiß jetzt auch nicht so recht. Er ist halt tot. Was geht uns das an. Der war ja nur ein Freund von Valentin. Und mit dem haben wir ja auch nicht mehr so viel zu tun. Vor ihm auf seinem Schreibtisch lag ein Exemplar der Fachzeitschrift Chemieindustrie Heute. Dieses Heft sollte ihn an etwas erinnern. Gott, dachte er, da war doch noch was. Die letzte Auflage ist nicht richtig verteilt worden. Ausgerechnet in der Cafeteria für die Fachbereiche Chemie, Elektrochemie und Verfahrenstechnik fehlte die Februar-Ausgabe. Ein Student hatte sich beschwert. Es war seine Aufgabe, sicherzustellen, dass sich dieser Fehler für März nicht wiederholte. Auf seinem Schreibtisch liefen die Fäden zusammen. Gott, dachte er, wenn man einmal in Urlaub ist.

Ich denke, ich fahre an die Stelle, wo er sich aufgehängt hat, das ist eine Eisenbahnbrücke. Nimm doch Valentin mit, sagte er, der kannte den ja gut. In seinem Büro gab es noch einen zweiten Schreibtisch. Dort hatte bis vor einem halben Jahr Frau Rehbein gearbeitet, eine altjüngferliche Angestellte. Die hatte er gehasst. Inbegriff des Spießertums. Aber wenigstens nicht behindert. Auch hatte er immer das Gefühl gehabt, er würde ihr Angst machen. Aber eigentlich war das ja selbstverständlich, da er ihr körperlich und geistig weit überlegen war. Ich denke, ich fahre alleine. Ich dachte, du kannst so gut mit dem. Das geht dich nichts an. Ich fahr dann mal los, sagte sie, es wird ja früh dunkel und das ist weit. Und das mit Berlin, ich glaube, das ist keine gute Idee. Machs gut.

Scheiße, dachte der Falke, so ist sie. So war sie immer. Immer hat sie so auf verfügbar gemacht. Und dann: Desinteresse. Da wusste man nie, was man davon halten soll. Wenn sie so im Sommer rumgelaufen ist mit einem kurzen Kleid und nichts drunter. Das war schon gut, dass ich mit der in der Schule nicht so viel zu tun gehabt habe. Und das mit dem Rupp jetzt. Irgendwie gerecht ist das ja. Das war auch die humanste Lösung, dass er sich aufgehängt hat. Also human für ihn und für alle anderen. Aber dass er sich vorher noch bei Patrizia ausgeheult hat. Gott, was hat er da zu suchen gehabt, der kleine Scheißkerl. Aber so war wenigstens klar, dass es kein Heldentod war. Das war schon gut so. Das war schon irgendwie befriedigend, dass der sich vorher noch selbst so entlarvt hat. Der Tag war ihm aber trotzdem verdorben.

XX

Patrizia zog die weißen Tennisschuhe an, die sie für das Ritual gekauft hatte und nahm eine Jacke mit. Parka mit Kapuze mit Rand aus Kunstfell. Sie nahm die Jacke über den Arm. Der Motor ihres Autos war noch warm genug, da ging die Heizung gleich. Als sie das Haus verließ war Ulf zurück. Er hing mit seinen Freunden in der Garage ab. Wegen dem Auto reden wir später, sagte sie finster. Ulf fragte nicht, wo sie hingehen wollte und sie hatte auch nicht vorgehabt, es ihm zu sagen.

Irgendjemand, dachte sie, muss das machen. Irgendjemand muss das bewahren, was man normalen menschlichen Anstand nennt. Und das ist ja schwer genug. Sie fror. Auf dem Weg zu ihrem Wagen kam ihr eine stark übergewichtige Frau mit prall gefüllten Plastiktüten eines Discounters entgegen. Die Menschheit war, deutlich sichtbar, in einer Art Niedergang begriffen. Das hat man alles damals so nicht gesehen. Wir haben gedacht, dass wir etwas Besonderes sind. Aber davon abgesehen auch, dass alles andere irgendwie immer besser wird und dass uns nichts passieren kann. Wann war der Höhepunkt überschritten worden. In jedem Fall war es unmerklich geschehen. In früheren Zeiten, dachte sie, waren die Männer noch Männer. Vielleicht standen sie, im Einzelfall, auf der falschen Seite, aber sie waren stellvertretend für so etwas wie allgemeingültige Werte. Irgendwann aber hatte die Gesellschaft das Interesse an allem verloren, was gut und richtig war. Voll Abscheu betrachtete sie die Frau aus der Siedlung. Das grobe Gesicht, die schäbige Kleidung, die mit billigen Lebensmitteln gefüllten Einkaufstüten. Der Körper aufgequollen durch einen Mangel an Disziplin.

Sie öffnete die Fahrertür und warf ihren Parka schwungvoll auf die Rückbank. Sie überlegte kurz, wie sie fahren müsse und gab dann Gas. Es war eher wenig Verkehr und sie kam gut voran. Sie parkte auf dem Parkplatz des Polizeisportvereins. Hier war wenig los. Klar, es war arschkalt, Anfang März eben. Typen, die nichts zu tun hatten, weil sie, beispielsweise, arbeitslos waren oder von Sozialhilfe lebten, machten garantiert andere Sachen, als an der Eisenbahnbrücke spazieren gehen. Trotzdem war noch ein älteres Ehepaar unterwegs. Er mit Baskenmütze, wie ein pensionierter Oberstudienrat. Sie undefinierbar und graumäusig aber deutlich jünger. Vielleicht eine ehemalige Schülerin. Gott, dachte sie, es ist ja nicht so, dass die Lehrer da keine Interessen hätten. Sie zog ihren Parka an.

Dort, wo der Betriebsweg auf dem Parkplatz für das Schleusenpersonal endete, konnte sie den weiteren Weg überblicken. Er führte unter der Brücke hindurch, bis zur Spitze der von den beiden Kanälen gebildeten Halbinsel. Da ist er dann wohl gelaufen. Die Brücke war eine große graue Konstruktion aus Stahlträgern. Sie war als zweigleisige Bahnbrücke ausgelegt, mit einem Fußweg auf einer Seite. Der Weg auf dem sie lief, auf dem wohl auch der Rupp gelaufen war, führte leicht nach unten. Unter der Brücke war der Abstand zu den Stahlträgern nur etwas mehr als zwei Meter. Valentin hätte hier schon den Kopf eingezogen. Aber eine ideale Höhe für einen so kleinen Kerl wie den Rupp. Was er wohl in seinen letzten Minuten gedacht hat. Er wusste, dass er nie mehr in die menschliche Gemeinschaft zurückkehren könnte. Hatte der dann eine Wäscheleine. Oder Gürtel, so was hört man ja auch. Unter der Brücke war es verhältnismäßig dunkel, der Tag an sich war ja trübe und nicht gerade hell. Bewölkt und grau. Der konnte sich keinem mehr mitteilen und wenn, er hätte ja keine Gnade zu erwarten gehabt. Er musste sterben, wie er gelebt hatte. Zumindest in diesem Sinne existierte er in seinem letzten Augenblick in einer Art Harmonie mit dem Universum.

Die Eisenträger, die das Konstrukt der Brücke bildeten, waren im Lauf der Jahre fast schwarz geworden. Von dort, wo Patrizia stand, spannte sich der Bogen bis über den Fluss, wo er auf einen weiteren Pfeiler traf. Auf Ihrer Seite war der Pfeiler nur sehr niedrig und hatte zudem eine Abstufung. Da ist er wohl raufgeklettert. Vielleicht, dachte sie, kann man da noch Spuren finden. Vielleicht hängt ja noch irgendwo der Rest von dem Seil oder was immer das war, womit er sich aufgeknüpft hatte. Mein Gott, was für ein Entschluss. Aber eben auch nachvollziehbar, aus seiner Situation heraus. Es war kalt unter der Brücke. Dort war es auch trocken. Das Gelände zwischen dem Weg und dem Fluss: staubig. Vor und nach der Brücke war das Gelände von Gras bewachsen, jetzt halbtot, nach dem Winter. Im Staub waren Fußspuren, auch Spuren von Hunden. Es gab aber keinen Hinweis darauf, dass sie irgendwie mit dem Suizid in Zusammenhang standen.

Das sehe ich mir später genau an, dachte sie, und: Es kommt ja jetzt nicht wirklich darauf an, an welcher Strebe er sich aufgehängt hat. Es ging hier mehr um das Gefühl. Wahrscheinlich ist er erst bis zur Spitze gelaufen und hat dann umgedreht. Wenn es so weit ist und wenn die Gelegenheit dazu besteht, will wohl jeder Abschied nehmen. Für ihn war das: Abschied von der Welt und Abschied von seinen Ideen. Der Geist der Philosophie und die Idee des Übermenschen hatten ihn eine Weile begleitet, wie gute

Freunde. Sie hatten ihm über manche Schwierigkeit, über manche Tiefe des Lebens hinweggeholfen. Unmerklich aber hatten sie sich von ihm zurückgezogen und zum Schluss, als er sie brauchte, waren sie nicht mehr willens, ihm zu helfen. Das: Gehst du zum Weib, vergiss die Peitsche nicht, war ihm zu groß geworden. Das ist, dachte Patrizia, ohnehin etwas, was die meisten nicht verstehen.

Nachdem sie die Brücke hinter sich gelassen hatte, stieg der Weg an. Er verlief nun auf einem Damm, der die höchste Erhebung der Halbinsel darstellte. Von hier aus konnte man alles sehen. Darum hat er diesen Weg, diesen Spaziergang geliebt. Das war ein klein wenig wie fliegen, nur dass man dabei auf dem Boden blieb. Vor ihr lag die Stadt. Man konnte sie aus der Distanz heraus sehen. Frühere Generationen hatten sie erbaut. Jetzt lebten ihre Nachkommen darin. Darunter gute Männer und Frauen, aber genau so auch Entartete und Degenerierte.

XXI

Die Welt war eine graue, kalte Maschine, eine Art Reißwolf und erwischte nach und nach jeden. Da hier in einem gewissen Sinn kein Unterschied bestand, kam alles darauf an, wie das Leben bis zu diesem Punkt geführt wurde. Auf der anderen Seite eines der Kanäle waren Radfahrer unterwegs. Anscheinend eine Familie. Vater vorne raus, Mutter hinterher, dazwischen zwei Kinder, etwa acht und zehn Jahre alt. Alle mit Fahrradhelmen. Flott unterwegs. Ich hab meinen Jungs auch das Radfahren beigebracht, dachte sie, weil ihr Vater entweder auf Schicht war oder besoffen oder an einem Auto gebastelt hat. Vornehmlich letzteres. Wegen dem Ford musste sie auch noch was sagen. Fünftausend Eier, für eine Mühle die nicht läuft. Das ist dann so, wie mit der Hercules, die seit Jahren in der Garage stand, Kolbenfresser, Tank innen verrostet oder die Simson. Aber die Kohle war weg und Waldsee ein Stück weiter in der Ferne. Das sollte ja nicht Endstation sein, das Haus neben der Siedlung.

An der Spitze der Halbinsel waren große blecherne Tafeln angebracht. Signale für Binnenschiffer, damit die wussten, wo sie reinfahren, ankern oder weiß der Teufel was machen konnten. Damit auch ja keiner in ein falsches Loch reinfährt. Auch das so eine Sache. Der leichte Wind, den sie unter der Brücke gefühlt hatte, wurde stärker. Zeit umzudrehen. Das letzte Kapitel abschließen. Von da, wo sie jetzt stand, wirkte der Raum unter dem Brückenbogen finster. Dunkel und kalt. Da war sicher kein Platz für Zweifel. Ab da war das dann ein Selbstläufer. Alle alternativen Optionen verbraucht. Ein aufgezogenes Blechspielzeug. Er setzte dann einen Fuß vor den anderen, was sich auf der einen Seite leicht anhört, es aber in Wirklichkeit gar nicht ist.

An der Stelle, wo der Weg von der Dammkrone unter die Brücke führte, da war dann alles vorbei. Da war dann die Dunkelheit. Die Endstation. Unter der Brücke lief sie sehr langsam. Hier wurde ihr Denken unkonkret, Worte und Bilder lösten sich auf. Fast hatte sie das Gefühl, eins mit der Finsternis zu werden. Es war so, als würde sie hinter die Kulissen der Existenz sehen, dorthin, wo alles nur ein Schatten seiner selbst war, so lange, bis selbst diese Schatten sich auflösten. Aber noch war es nicht so weit. Die Welt war düster und unheimlich, schmutzig und böse, sie aber war eine Vertreterin des Lebens. Immerhin, dachte sie, bin ich Mutter, wenn auch nicht gerade die beste. In ihrem Golf drehte sie die Heizung hoch. Wenigstens noch ein Abendessen machen, das bin ich ja irgendwie den Jungs schuldig. Und über den Ford kann ich auch morgen mit Ulf reden. Falls er da ist. Das Geld ist ja so oder so weg. Zurückgeben kann man den wohl kaum. Der würde sich da querstellen.

Und dann: Waldsee.

ENDE